転生幼女はあきらめない

~Reincarnation's little girl never gives up~

6

カヤ

イラスト 藻

CHARACTER

リーリア

キングダムの四侯、オールバンス家の娘として生まれた転生者。トレントフォースからの帰還後、ニコの学友として王城へと通っている。2歳になった。

ルーク

リーリアの兄。愛らしいリーリアをひと目見たその日から、守ることを決意する。リーリアがオールバンス家に帰ってきてからは、より一層深い愛情を示す。

ニコラス

キングダムの王子。癇癪もちと思われていたが、王城に遊びに来たリアによりその原因が魔力過多であることがわかり、本来の素直でまじめな性格に戻る。

ディーン

オールバンス家の当主でリーリアの父。妻の命と引き換えに生まれたリーリアを疎んでいたが、次第に愛情を注ぐようになる。今では完全に溺愛している。

アリスター

トレントフォースでリーリアを引き取り生活をともにしたハンター。リスバーン家の庶子。

ギルバート

リスバーン家の後継者。ルークとウェスターを訪れた。アリスターは叔父にあたる。

クリス

レミントン家の次女。リアとニコとは友達。家族とともにイースターへと行ってしまった。

ハンス

リーリアの護衛。元護衛隊の隊長だったがディーンにリーリアの護衛として雇われた。

ナタリー

キングダムへと戻ってきたリーリアに付いたメイド。早くに未亡人となり自立の道を選ぶ。

ネヴィル

リーリアの祖父。亡くなったリアの母・クレアの父であり、キングダム北部領地の領主。

OUTLINE

MAP

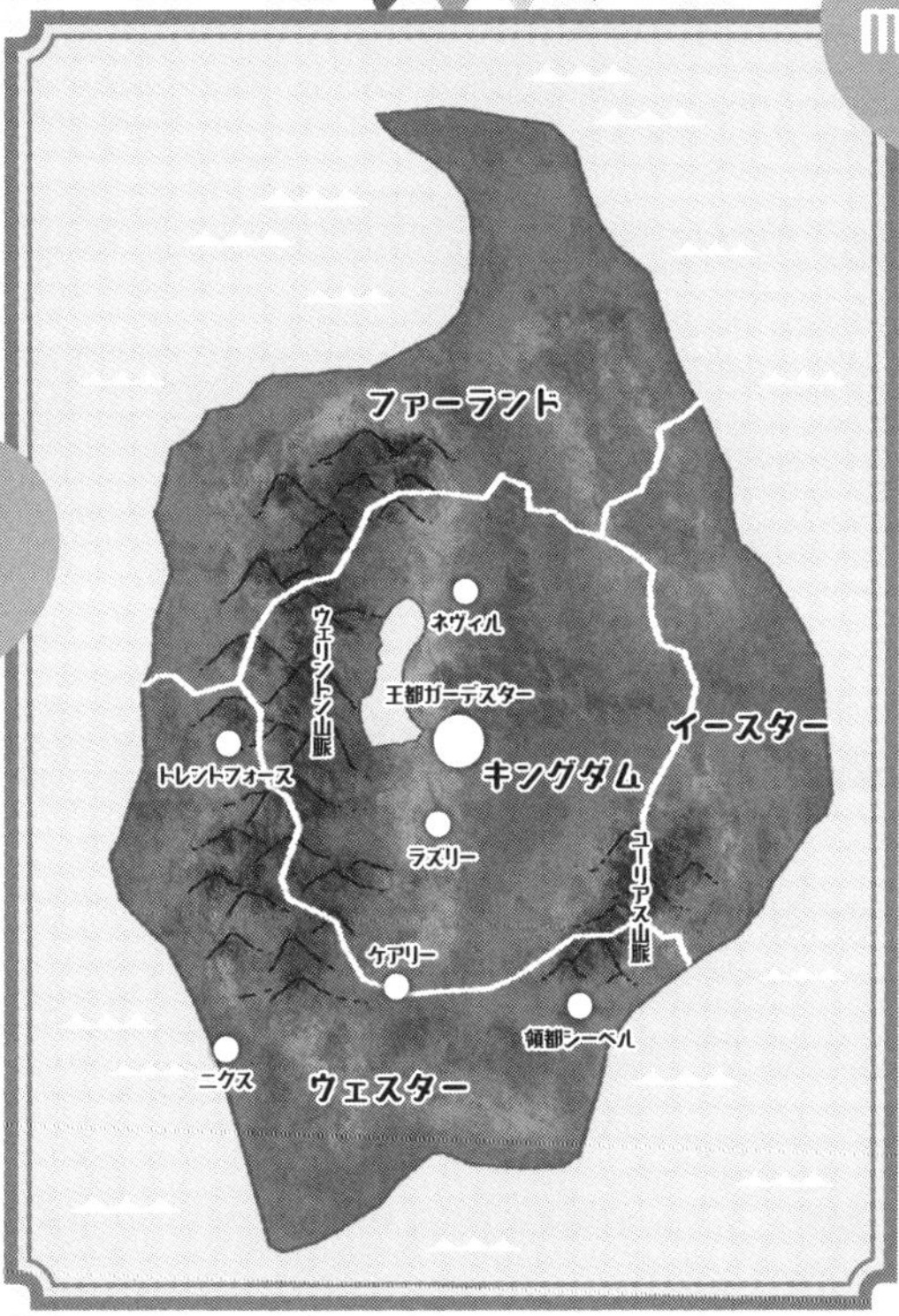

あらすじ

トレントフォースでの日々が終わり、家族のもとへ戻ったリーリアはキングダムの王子ニコラスの遊び相手として王城へ通うことになる。

二歳になり無事お披露目パーティを終えたリーリアは、キングダムの第二王子アルバートのお見合いの地へと同行するニコラスの教育係としてネヴィル領へと向かう。道中、心躍る広大な草原に美味しい特産品の数々、そして虚族との遭遇——これまで経験することのできなかった多くの経験をしていくニコラスたち一行。

こうして目的地であるネヴィルの屋敷へと辿り着くと、祖父ネヴィルとの再会、初めて会う親族との交流、そしてアルバートのお見合いへの潜入など楽しい時間を過ごした。

そして、ネヴィル領への旅から屋敷に帰ったリーリアは、父ディーンからキングダムの四侯であるレミントン家がイースターへと出奔したことを告げられるのであった。

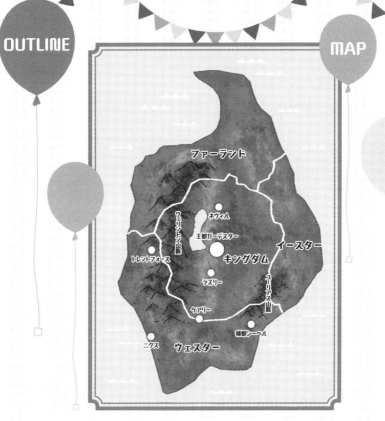

- もくじ -

プロローグ

幼児の日常

私の住んでいるキングダムの現王は、まだ四〇代だという。そして世継ぎの王子のランバート殿下が二〇代で、その一子で友だちのニコ殿下は三歳である。というより、四歳になろうとしているところで、このところ少々うっとうしい。

「みよ、リア。もうすぐ四さいのわたしを。リアよりひとあしさきにようじはそつぎょうだな」

「まださんしゃいだし、まだようじでしゅよ」

二歳の私よりほんのちょっと大きいだけではないか。私はちょっとうんざりしながらも、誕生日がもうすぐでは、嬉しくてはしゃぐのは仕方がないかなとも思っている。

その誕生日の数日前、仲のいい四侯の子どもたちだけで誕生会をやろうと企画していたのに、よりにもよってその日に事件は起きた。四侯であり、キングダムを出てはいけないはずのレミントン家がイースターに出奔してしまったのだ。もちろん、私とニコが仲良くしているクリスとフェリシアも一緒だ。

ニコの誕生日とは何も関係のない事件ではあったが、来られるはずの友だちが来ない誕生会はしょんぼりしたものになってしまった。お祝いムードに影が差したのは確かだったのだから、せめて本人と側にいる友だちくらい、お祝い気分でいてもいいかなとも思うのだ。

そして、問題が起きようとお祝い事が目前であろうと、幼児の日常は淡々と進んでいく。

イースターが出奔したすぐの日の午前中には、私とニコはきちんと机の前に座って授業を受けていた。オッズ先生が黒板の前に立って、地図を示している。

「この際ですから、イースターの地理の復習をしましょう」

キングダムの結界を支える四侯の一つ、レミントン家がイースターに出奔し、大騒ぎになったのはついこの間のことだ。公にはレミントンの名前を出すのもイースターの国名を出すのもはばかられる雰囲気のなか、堂々とイースターの地図を出しているオッズ先生はなかなか心臓が強いと思う。

「リーリア様はウェスターの領都に行ったことがおありですが、イースターの領都はそこより近いです。ここキングダムの王都ガーデスターからほぼ真東に竜車で一週間、国境からほど近いところにあります」

地図を見ると平原が続き、街道も整備されているので行き来も楽だという。

「南にユーリアス山脈がありますが、基本的には平地で穏やかな気候なうえ虚族の出現も少なく、豊かな穀倉地帯です。キングダムとも良好な関係を築いていたはずでした。いえ、これは地理から外れますね」

オッズ先生は苦い顔をするとかすかに首を横に振った。

その時、トントンとノックの音がした。許可を得て入ってきたのは、ニコのお父様のランバート殿下と、おそらく監理局の人たちだ。

「監理局が、フェリシアとクリスと親しくしていたニコとリアにも直接話を聞きたいのだそうだ」

肩をすくめるランおじさまは、聞いても無駄だろうという顔をしていたが、正直に言って話すことは特にない。

「くりしゅ、いちゅもとおなじ」

「そうだな。クリスはなにもかわったところはなかったな」

このくらいしか言えないのだ。

「クリス殿はということは、フェリシア殿はそうではないということでしょうか」

私とニコは目を見合わせた。フェリシアはおかしかったのは確かだが、それがなぜなのかは私たちには結局わからなかったのだ。

「ふぇりちあ、いちゅもちゅかれてた」

「つかれていたが、ここにくるときはいつもたのしそうだったぞ」

やっぱりこのくらいしか私たちには答えようがなかった。

四侯の次期女性当主として、学院でも孤高の人であったフェリシアは、悩みを打ち明けるほど親しい人もいなかったらしい。そもそも両親のたくらみを知っていたかどうかもわからないのだ。

そこで、親しくしていた四侯の子どもたちと王子にも話を聞いてみようということになったらしい。

私も、本当はキングダムの未来とかを考えるべきなのかもしれないが、それよりもひたすらクリスのことが心配だった。イースターで幸せに暮らしているだろうか。四侯の仕事がなくなったクリスのお母様とお父様はきっと忙しくなくなる。そうしたら、クリスとフェリシアのために少しは時間をとってもらえるのだろうか。

「くりしゅ、げんきかな」

監理局の人に聞いても、ランおじさまに聞いてもわかるわけはなかったが、ついぽつりと口から言葉がこぼれ落ちた。

「きっとげんきにしているにちがいない」

ニコが励ましてくれるが、そうであってほしいという願いも込められている気がした。

「あんじぇおばしゃま、ちごとなければ、くりしゅとあしょべるかな」

「よんこうも、おうぞくもいそがしいものなあ」

私とニコは揃ってランおじさまのほうを見たが、困ったように微笑むだけだった。

クリスが何かの理由でイースターに行ったとしても、幸せでいるならそれでいいと私は思っている。私がウェスターで楽しく過ごしていたように。

私たちに聞いてもどうしようもないということをやっと悟ってくれたのか、監理局の人たちもランおじさまもすぐに仕事に戻るようだ。私はニコと話を続けた。

「しょれに」

「それに？」

「おちちゅいたら、あしょびにいけりゅかも」

本当は無理だと私もわかっている。キングダムを裏切った家の子と四侯の子が会うのを許してもらえるわけがない。

「リアはいけるかもな」

ニコが寂しそうにつぶやいた。そういえば、王族は成人していなくてもキングダムを出てはいけないのだった。会う会わない以前の問題である。それならばと私は提案してみた。

「じゃあ、いーしゅたーの、こっきょうまでいこう」

「こっきょうに？　なぜだ？」

「くりしゅに、てがみをかきましゅ。そちて、こっきょうに、きてもらうの」

「そうか。こっきょうをこえなければかおをみられるし、はなしもできるのか」

お父様がウェスターとの国境際まで来てくれたように。話を聞いているのだろう。部屋の隅でメイドがすすり泣く声が聞こえたが、泣くのはおかしい。これは悲しい話ではなく、希望に満ちた未来の話なのだから。

私はその時のことを頭に思い描いた。もっと大きくなって、私もクリスも小さなレディになっているることだろう。

「りあ、しょのとき、きっとはちってりゅ」

「おや、リアはもうはしれているのではなかったか」

ニコがからかうようにニヤリとした。

「もっとはやく、はちってりゅ」

「そうだな。クリスにあえたら、イースターでもちゃんとべんきょうしていたか、リアとふたりでテストせねばなるまい。さいしょにあったときのようにな」

「そうでしゅ。くりしゅはべんきょうにがてだから」

最初の出会いも、お城に勉強に来た時もクリスは面白い子だった。

「そのためにも、われらもまなばねばならぬ」

「あい」

私たちはもう、部屋を出ていく監理局などに見向きもせず、オッズ先生のほうを向いた。

なんの事情があったのかはわからないが、一度キングダムを離れたレミントンが、もう一度キングダムに迎え入れられることはないだろうということは、私もニコもわかっていた。いくら罰則がないとはいえ、戻ってきたら何らかの形で罰を与えなければならない。

それならもう、戻ってこなくていいのだ。既にレミントンに代わる貴族の選定を始めているとお父様に聞いた。希望者は多いが、そんな都合よく魔力の多い貴族などなく、これから四侯という仕組みがどうなるかわからないということも。

お父様は、私が幼児だからと面倒から遠ざけるのをやめ、夕食の後、兄さまと私に今の状況をきちんと説明してくれるようになった。

「こちらからイースターに何度も使者を送っているが、イースターとしても、突然やってきたレミントンの話がきちんと聞けていないということで、何度もはぐらかされていてな」

お父様の担当はウェスター方面だ。イースター方面はレミントンが担当だった。なかなか情報がつかめないのはそのせいだ。

「しかし、市井の者の噂を調べると好意的だし、レミントン一家はどうやらイースターの領都に立派な屋敷を構えて、優雅に暮らしているようだぞ」

「イースターが好待遇で迎えるとは思っていましたが、まさか、民にも歓迎されているのですか」

兄さまは驚いていた。キングダムの四侯など、辺境の民にはまったく関係ない。あえて言うなら物珍しさか、あるいは自分たちが結界の恩恵にあずかれないことの憎しみが向かうか、私もそのどちらかだと思っていた。

私は兄さまと目を合わせて不審に思う気持ちを共有した。それがウェスターで自分たちが感じたことだったからだ。

「歓迎されているようだぞ。これで領都でも、夜に出歩けるようになるとな」

「やはり、結界箱でしたか……」

王都の結界用の魔石には、五日に一度は充填するのが普通だ。だが、辺境の一都市分の結界を作る規模の結界箱なら、二〇日に一度程度の補充でよいはずだ。さらにその担当者が一人でないのならさらにいい。それなら魔石の担当者もどこにでも行けるし、それほど負担もない。

「でも、何かに縛られているということに変わりはないはずです。しかも、内政にも関われない。お父様はその立場を面倒がっていますが、レミントンは権力を持つのが大好きだったはず」

「ルーク、その言い方はちょっと厳しいのではないか」

「お父様が甘いのです。レミントンは、キングダムの裏切り者なのですよ！」

お父様が兄さまに叱られている。

「レミントンは、共に責務を分け合っていた我ら四侯を裏切り、民をも裏切ったのです。レミントンなどどうでもいいと言いながら、既にお父様はレミントンの後始末で、こんなにも疲れているではないですか」

兄さまはくまのできかけているお父様の顔に手を伸ばした。

私も兄さまのまねをし、背伸びして手を伸ばした。おなかにしか届かなかったが、気づいたお父様が抱き上げてくれた。

「ありがとう、二人とも。事態がこの先どうなっていくのか、皆目見当がつかない。その見当がつかない中で、どう対策を取っていくかが悩みどころだ」

お父様は私たちを抱きしめるとほっと息をついた。

「近々、またウェスター方面に出かけてくる。こんな時に王都を離れるのは心配でもあるが、今回の件、ウェスターにとっても衝撃が大きいようで、そのフォローにも回らねばならない。懸念していることは辺境同士のつながりだが、おそらくウェスターはイースターと組んだりはしていない。その見極めと、今後の対策にな……」

「おとうしゃま、がんばって」

「私たちはおとなしく待っていますから、気をつけて行ってきてくださいね」

ウェスターに行くというお父様の言葉で思い出したが、そういえば、最近グレイセスをまったく見ていない。レミントンに付いていったはずだが、今はどうしているのだろうか。

「ぐれいしぇす、どうちてる？」

「リアはグレイセスがお気に入りだな」

お父様がからかうように口の端を上げた。

「おきにいり、ちがう。はんすのほうがしゅき」

「もちろん、お父様が一番だよな」

「あい！」

兄さまとお父様が同じくらいで一番である。

ハンスは今ここにはいない。いないから言えることだが、私のお気に入りはハンスだ。ただ、グレイセスは個人的なかかわりがあるので気になっているだけなのである。ちょっとかっこいいのは認めるが。

「グレイセスは、イースターとの国境の側の町で、拠点を作って待機している。そこを挟んで、キングダムとイースターのやり取りをつないでいる形だな。護衛隊の仕事とは少し違うのだが、行動力のない文官よりよほどあいつのほうが優秀だから」

だから若くして隊長でもあるのかと納得する話である。

そして数日して、ニコが静かに四歳の誕生日を迎えた後、国境の町から早竜がきた。

「イースターからの使者あり。使者は第三王子」

その知らせを聞いて、私は肩にかけたラグ竜のぬいぐるみを思わずギュッとつかんだ。ぬいぐるみの中の魔石はそのままにしてもらっている。もちろん、武器にするためではなく、バートやアリスターたちと過ごした思い出のためだ。

なぜ第三王子が使者としてくるのか、城は騒然となったという。

キングダム側からレミントンに取り次ぐよう再三申し入れをしていたのを、イースターは今までのらりくらりとかわしてきた。

それがいきなり、書簡ではなく使者をよこすという。しかも王族だ。

大人たちはいろいろ戸惑っているようだが、私は別のことを考えていた。第三王子との出会いは、ウェスターの西の方の場所だった。そして再会したのがウェスターの東端の領都。私たちがキングダムの北部に行かされたのは、第三王子がキングダムの王都に来たため。そしてまた今度も王都に来るという。

王族なのに、腰が軽すぎじゃないだろうか。それに、イースターの第一王子とか第二王子とかは何をやっているのだろう。

そして、キングダムにも腰の軽い人はいた。

「だいしゃんおうじ、あるでんかみたい」

私がつぶやくと、兄さまが不思議そうにした。

「どこがです？　リア」

「いちゅもうろうろちてる」

「ブッフォ」

そこらへんに、たまたま話を聞いていた護衛がいたらしい。

「アルバート殿下のあれは、一応視察です。第一王子はどうしても城を離れられないので、第二第三王子に仕事が回ってくるのでしょうね。でも、確かによく考えてみると、サイラス殿下は行動範囲がとても広いですね。ウェスターにキングダム、しかも王都にはこれで二回目ですか」

兄さまも私と同じように考えていたらしい。

「こなくていいのに」

「リア、口に出さないほうがいいこともあります」

本当は兄さまだってそう思っている。だって、ため息をついているもの。

「私たちは北の領地に行ってまで会わないようにしたはずなのに、結局、顔を合わせる羽目になりそうです」

「あい」

私はラグ竜をつかんで目の前に構えた。イースターの第三王子は、ウェスターで私を襲撃してさらおうとした犯人である。だが証拠がないので、他の人は半信半疑だ。だからこそ、私が自分で自分を守らなくてどうする。

しかし兄さまにたしなめられてしまった。

「リア、こないだのあれは不意打ちだからできたことですよ。二度と同じ手にはかからないでしょうし、それにリアが会う必要はありません」

「どうちて？」

「どうしてって、リア、まさか本気で会う気だったのですか」

「あい」

私と顔を合わせた時の第三王子の様子を、半信半疑の大人たちにちゃんと見てもらうのだ。

「普通、幼児は外交にも社交にも参加しません」

「しょうなの？」

「愛らしく言ってみても駄目です。それに今回は、社交どころではないでしょう。見ようによってはキングダムから四侯の一つを奪った国です。どういう主張をするつもりかわかりませんが、話し合いが穏便にすむとも限りませんし」

国同士の争いが起きるのだろうか。

しかし、幼児の不穏な質問をとがめもせず、兄さまは首を横に振った。

「過去にはあったそうですが、今はそもそも、各国に戦争をするほどの軍がありません。取り立ててどこかの国が増強しているとも聞いたことがないですし」

「ごえいたいは?」

「数が少ないんですよ。四侯の監視が主な役目ですからね。護衛隊とは別に、王都を守るための警備隊というものがあるから、王都内の治安はそれで大丈夫ですし」

兄さまの言うことをゆっくりと考えると、要は、結界で国ごと覆えるキングダムが強すぎると言うことだ。キングダムが虚族から守られている豊かな国なおかげで、その豊かさの恩恵を周辺国家が受けているという側面もあるという。

「四侯を一つでも欠くことになれば、あるいは王家が存続しなければ、民に恨まれるのはキングダムの体制を崩した国です。そんな危険を冒すでしょうか。もっとも、現実問題として四侯を一つ欠くことになってしまいましたが」

とにかく、使者である第三王子がどんなことを言うのか、それを聞かないと話にならない。

いくら頼んでも会わせてもらえるはずもなかったし、使者と言う名の悪い奴が何を言い出すのか、兄さまとお父様の報告をひたすら待つ私だった。

そして、第三王子が来た日、私は城に行くのもお休みして、お家で静かに待機していた。兄さまもお父様もいないのだから仕方がない。一日のんびりしようと思っていたら、メイドたちが私を一日に三回も着替えさせる始末だ。皆でキャッキャして楽しかったからいいのだが、案外忙しい日になった。

まるでパーティに行くのかと思うような格好で帰りを待っていると、竜車の音が聞こえてお父様が帰って来た気配がした。

「おとうしゃま！」

二歳を何か月も過ぎた私は、走ってお父様のところに向かった。

「おお、リア！　今帰ったぞ」

お父様が両手を広げて待ち構えているところに飛び込もうとしたら、平日は学院の寮にいるはずの兄さまもいた。私は思わず立ち止まった。

「にいしゃま？」

「今はルークのことはいいから、まずお父様に」

お父様が広げた腕でおとなげなく私を抱え上げたものの、抱きにくそうに抱え直して首を傾げた。

「今日のリアは、なんだかもこもこして実体がないぞ」

「みんながいろいろちてくれたの」

ドレスそのものはシンプルだけれど、スカートの下にはレースたっぷりのパニエが入っており、帯は大きなサテンのリボンが蝶結びになっている。それがどうやら抱っこするのに邪魔らしい。

「お父様、実体がないなどと、まったく。今日のリアはおしゃれをしていて、いつもにまして愛らしいですね」

今、お父様の株がメイドの間で大幅に下がって、逆に兄さまの株が跳ね上がったと思う。しかし、そもそもなぜ平日の今日、兄さまがおうちに帰って来たのだろうか。安全のためにも学院の寮にいるはずだったと思うのだが。

「にいしゃま、どうちておうちにいりゅ？」

「それなんだが……」

お父様が私を抱き上げたまま、私の頭の上で首を横に振っている。

「リア、今日、イースターの第三王子が来たのはわかっているね」

「あい」

お父様も兄さまもどんよりとした顔をしている。

「今日はまずイースターの言い分、とやらを聞かされてきたのだが、それがなんとも」

なんとも、とはどういうことか。

「わかりやすく言うとだ。イースターとしては、キングダムからイースターに引っ越しをしたいというレミントンの願いを断れなかったと、そういうことらしい」

「はあ？　ひっこち？　ないでしゅ」

私のために引っ越しというわかりやすい表現を使ってくれたのはありがたいが、もっと難しい言い方をしたとしても、キングダムを馬鹿にしているのかと言いたくなる理由だ。

「ないですよね。リアでもわかることなのに」

兄さまが若干私に失礼だが、その通りである。

「そのうえで、レミントンより書状を預かってきたと」

なぜレミントンがイースターに行きたかったかが、そこに書いてあるはずだ。私は何が書いてあったのかドキドキしながら、お父様の言葉を待った。

「それがな」

「しょれが？」

「四侯と、その血筋を引くすべての者に聞いてほしいと伝言を預かってきたとのことでな」

「あい？」

つまり、兄さまやギルなど、まだ外交の場に関わる立場ではない四侯の子どもまで引っ張り出そうということである。

「にいしゃま、たいへん」

「リア、いいのです。私自身は、なんとしてでも第三王子ともう一度直接顔を合わせたいと思っていたので、好都合なほどです。しかし」

兄さまはためらうように私を見た。

「リア、人ごとのような顔をしていますが、引っ張り出されるのはリアも同じです。四侯の跡継ぎをすべて、ではなく、四侯の血を引くものすべて、と求められたのですから」

「りあも？　どうちて」

二歳児にレミントンの思いなど聞かせてどうするというのか。

「私は王家に突っぱねろと進言したのだ。どんな言い訳を聞いてもレミントンは戻っては来ない。戻って来たとしても許されるわけではない。それなら、レミントンを切り捨てた形での体制を早く構築したほうがましだからな」

お父様は苦々しい顔をしている。

「キングダムにいる四侯の血を引くものすべてといっても、つまり、四侯の色を持っているものすべて、ということだ。それはすなわちリアを連れてこいということに他ならないではないか」

「レミントンの思惑なのか、イースターの思惑なのか、それとも第三王子の思惑なのか。いずれにせよ、幼児を巻き込むとは腹立たしい限りです」

「ほんとでしゅよ」

姑息なやり方が腹立たしいのは確かだ。しかし、私が行けばすむのなら行けばよいだけのことだ。あの第三王子とはいえ、城の衆人環視の中で何ができるものか。

「りあ、いきましゅ」

そして兄さまとお父様と共に、次の日城に行くことになった。ラグ竜は念のためしっかり肩にかけてある。

「あー、リア、そのぬいぐるみは置いていこうか」

お父様がピンクのラグ竜を横目で見た。

「とうぜん、もっていきましゅ」

「そうか。まあ、いい。どうせ使うこともあるまい」

使うことがないといいのだけれど。

第一章

不吉な使者

いつもニコのところに行くときは、城を回り込み、城の奥まったところにある王子宮へ竜車で直接行く。だが、今日は四侯、オールバンスの一員として、お父様と兄さまと一緒に城の正面から行く。竜車も普段使いのものではなく、白に金と淡紫で彩った特別仕様のものらしい。

お父様も兄さまも、白地に金と紫の刺繍が入った上着を着て、黒いズボンですっきりまとめている。私もウエストに淡紫の帯が縫い付けられた、白の動きやすいすっきりしたドレスを着せられている。くびれているべきウエストなどなく、お腹に巻き付けていると言ったほうが正しい気もするが、ごてごてとかさばるものでないのが素晴らしい。さらに少し薄汚れてしまったラグ竜が子どもらしくてとてもよい。私は自分の身なりを賞賛し、一人頷いた。

普段誰も迎えに来たりしないのに、今日は城の入口にライナスが来ていた。しばらく見なかった顔だ。お父様も兄さまも、頭を下げるライナスに気づいた様子もなく、迎えも案内も当然のような顔をしている。

ここは私がオールバンスの評判を上げておこう。

「らいなしゅ、おちゅかれしゃま」

「リーリア様」

ライナスが小さな声で返事をして、ほんのちょっと表情を緩めた。が、すぐ真面目な顔をして、

「今日はこちらへ」

と案内を始めた。

本来、他国から来た使者は、大広間で迎えるらしいし、昨日もそうしたらしいが、結局、

「レミントンからの手紙は、四侯の血筋全部にお伝えしたいとのこと」

という謎の提案により、別室で、しかも日を改めて集まる羽目になったわけである。

「めんどうくしゃいやちゅ」

「リア、ぽろっと本音が出ていますよ」

兄さまにちょっとたしなめられた。

「それに、彼の要求ではなく、レミントンの要求ですから、一応形式上は」

「さいしょからそういえば」

「ごほんごほん」

兄さまが咳払いした。

「リア、廊下は静かに歩きましょう」

「あい」

たくさんしゃべってるのは兄さまなのに。でも私は心が広いので、ここは素直に頷いておく。

「こちらでございます」

「ほう。竜の間か」

「りゅうのま?」

「特別な客人を招く部屋だ」

お父様もほとんど入ったことがないという。そんなに特別扱いしなくてもいいのに。いや、国の使者で王族だもの、仕方がない。

「オールバンス侯、ご入室」

ライナスの簡潔な宣言と共に、開いていたドアから部屋の中に入る。

「わあ」

小さい部屋ではなかった。正面に三段、高い場所があり、玉座がある。段の下にはリスバーンとモールゼイがいて、段の上には見たことのないおじさんが座っていた。両脇にランバート殿下、アルバート殿下が控え、ランバート殿下の前にはニコがいる。

全員、きれいな金色の髪に金色の瞳だ。

「おうしゃま？」

「ハハハ、そうだよ、オールバンスの幼子よ。さあ、おいで」

王様がにこやかに両手を広げたので、私は素直にとことこと段々を上り、王様に近づいた。しかも、膝をちょこんと曲げてお辞儀までした。アル殿下が顔をそむけて口元に手をやったのは笑いを隠すためだということを私は知っている。こんなにかわいらしいというのに。

「りーりあ・おーるばんすでしゅ」

「よい子だ。噂にたがわぬ愛らしさだな」

そういう噂ならいくら広がってもかまわない。

「さ、おいで」

王様が私に手を伸ばしたので、私はニコも呼んだ。孫を差し置いて先に抱っこされるのは気が引ける。

「にこも」

「ああ。へいか、わたしもいいだろうか」

「もちろんだとも」

そういうわけで、ニコは王様の右膝に、私は左膝に抱き上げてもらった。王様は満足そうである。

「おうしゃま、おひげありゅ」

「髭がないと威厳がないのでな。仕方なく生やしている」

「わたしはしょうじきにあわぬとおもうが、おうだからしかたないのだそうだ」

「ハハハ、似合わぬか。ハハハ」

王様は笑い飛ばし、兄さまたちが微妙な顔をしているが、私もニコは正直すぎると思う。

「使者殿がいらっしゃいます」

ライナスの簡潔な声掛けに、私は素直に王様の膝を降りて、お父様のところに戻った。

「おお、よちよちと」

王様が優しい声でつぶやいたが、大事なことなので一言言っておく。

「よちよちてない！」

「ああ、すまなかった。すたすたしていたとも」

もちろんすたすたしている。兄さまも認めているくらいだ。ただ、階段を降りるのに普段と違うドレスだからちょっと慎重になっていただけである。

そして、私たちが入ってから一度閉じられていた大きな両開きのドアが、ゆっくりと外側に向かって開いた。

「イースター第三王子、サイラス・フェイ・イースター殿」

そんな御大層な名前だったとは知らなかった。私は足を大きく開いて腕組みしようとしたが、兄さまに目で止められたので、お父様の左足に右手をつけて、ほんの少し首を横に傾けるだけにした。

「ぐふっ」

向かいから奇妙な音がする。ギルである。もう一五歳だというのに、なっていない。私はいけませんよというように首を振った。

そんな一幕を知ってか知らずか、まあ知らないとは思うが、扉から堂々と奴が入ってきた。

いったん足を止めると、胸に右手を当て、お辞儀をする。

もともとどちらかと言うと軍人タイプで、姿勢もよく引き締まった体つきをしているので、ピシッと決まっている。

顔を上げると、忘れられない、つり上がり気味の金色の瞳が、ニコたち王族のほうにまっすぐに向けられた。

「サイラス殿。連日のご足労、いたみいる」

「最初からレミントンの願いをお伝えしていなかったこちらの手落ちです。改めて場を設けてくださり、感謝いたします」

ちゃんと喋っているではないか。私は黙って続きを待った。

「今日は王都にいる王族と四侯の血を引くものすべて集めてある。とはいえ、初めて顔を合わせるのはわが孫、ニコラスのみか」

「ギルバート・リスバーン殿と、ルーク・オールバンス殿、そしてそこのお小さいリーリア殿には、たまたまウェスターの城でお会いしたことがあります」

「なるほど、偶然とはいえ珍しいことだ」

「まことに」

空々しいやり取りが続く。部屋に入ってから全く視線が合っていないのだが、「そこの」とか「お小さい」とか、いつ見たのだろう。

「では自己紹介させよう。ニコラス」

「はい。へいか」

ニコは一歩前に出ると、胸を張った。

「ニコラス・マンフレッド・キングダムである」

「サイラス・フェイ・イースターです。お初にお目にかかる」

これで挨拶は済んだ。

「では、レミントンの手紙とやらを読み上げてもらおうか」

「承知しました」

サイラスは、胸の隠しから封筒に入った手紙を出すと、おもむろに読み始めた。

「親愛なるキングダムの皆様へ。突然住まいを移したこと、驚かれたことと思います」

そりゃ驚いたよ。出ちゃいけないと言われてるのを無視して出て行ったのを、こんなに軽く引っ越しみたいに言えるのがすごいと思う。

「現在のキングダムは、王家のお三人共に十分な力があり、幼いニコラス殿下にもそれが受け継がれ、なんの不安もありません」

レミントンも、リスバーンも、モールゼイも。四侯の瞳を継ぐ者は各家たった一人。アリスターはもし戻ってきたとしても、跡を継ぐほどの魔力量があるかどうかは確信が持てないので、候補には入れないでおく。

オールバンスは、私と兄さまと二人。

この現状のどこに不安がないと言うのだろうか。私はあきれはてた。

「そのような状況の中、我らの力の恩恵が、キングダム一国にしか行き渡っていないことに常々心を痛めていました」

自分の住んでいない国のことよりもまず、フェリシアとクリスのことに心を痛めるべきでしょ。

「レミントンの担当であるイースターとの交流を通し、イースターの人々のためにもわがレミントンの力を使うべきと考えるようになりました」

イースターは平原が主で、虚族の被害が一番少ないと聞いた。辺境の人のために働きたいなら、ウェスターかファーランドに住まいを移すべきだったでしょ。

まだ読み終わってもいないのに、私は無性にイライラした。

手紙は続く。

「イースターは本当に素晴らしいところです。フェリシアも、結界の受け継ぎ手としての責務から解き放たれ、毎日穏やかに暮らしています。ここでは四侯という肩書はあまり意味がないので、同じ年頃の若者と楽しく過ごすこともしばしばです」

嘘だ。私はギュッと手を握った。

そもそもフェリシアは警戒心が強く、四侯の子どもたちとですら打ち解けるのに時間がかかった。それに、ちゃんと四侯としての責務を考えていた。

本人が望んでイースターに行ったのならいい。幸せに暮らしてくれたらそれでいい。だが私の知っているフェリシアなら、まずクリスを心配し、そして放棄したことになるキングダムの民への責任に思いをはせ、残された私たちにいずれ負担がかかるのではないかと不安な毎日を過ごすはずだ。

その悩みを消化するまでは、くつろいだり遊んだりするはずがない。

「クリスも、同世代の友だちと楽しく過ごしています」

レミントンがキングダムを出てからまだそれほど時間がたっていない。フェリシアもクリスも、混乱の真っ最中のはずだ。それに、クリスは友だちを作るのが決して上手とはいえない。何もかもがおかしい。

サイラスは一度手紙から目を離し、兄さまと私のほうをちらりと見た。

「四侯の子どもたちへ。幼い頃から結界を守る責任を背負い、息苦しさを感じることも多いでしょう。しかし、考え方を変えれば、頼りになる王家がいるのですから、四侯すべてが揃っている必要はないのです。自分の頭で考え、自分なりに民のために尽くせれば、それは必ずしもキングダムである必要はないと考えます」

四侯の子どもたちへと言っているが、これはキングダムの王家と、結界によって守られるキングダムの体制に対する批判である。

「イースターのレミントンのもとに身を寄せたいと思うのであれば、いつでも歓迎します。フェリシアとクリスも待っていますよ」

それは、主に私に対して言っているのだろうか。お父様の体に少し緊張が走った。

「また、レミントンの力が必要であれば、キングダムを訪れる準備はあります」

部屋には表情を変えるものは誰もいなかった。

「皆様のご健康とご多幸を祈って。アンジェリーク・レミントン」

サイラス王子は、手紙を丁寧にたたんで封筒に入れ直すと、数歩進み、一歩前に出たランバート殿下に恭しく手渡した。

「ご足労、感謝する」

ランおじさまが少し固い声でそう言った。

「いえ、私は一介の使者として参ったまでのこと。イースターの立場は単純明快です。レミントンが我が国に居を求めるのであれば、それを与えるのは当然のこと」

サイラスはあくまでレミントンが求めたことという立場を強調した。そして、私たちのほうに視線をよこした。

「もちろん、他の四侯がそうしたいというのであれば、いつでも歓迎いたします」

「お気遣い、いたみいる。ただし、アンジェリーク・レミントンにはこう伝えよ」

ランおじさまは表情を変えなかった。

「キングダムがアンジェリーク・レミントンの力を必要とすることはもうない。また、キングダムの安全を脅かしたという理由により、二度とキングダムの地に立ち入ることは許さぬと」

サイラスは一瞬虚を衝かれた顔をしたが、静かに頭を下げた。おそらく、キングダムはレミントンが戻ると言ったら許可すると思ったのだろう。私もちょっと驚いた。

アンジェリーク・レミントンと限定したことにも。

「四侯がどうするかは四侯にしか決められぬ。幼い者に甘いものをぶら下げるやりようには言いたいことはあるが、誘いたいのならば誘ってみるがよい。ちょうどここには、四侯の血筋を揃えているのだからな」

「余計なことを」

すごく小さい声だがお父様がつぶやいた。

「モールゼイには必要ない」

ハロルドおじさまがあっという間に切り捨てた。マークが何かを言う暇もなかったが、マークは完全に興味がないという顔をしている。

一方で、スタンおじさまとお父様は特に何も言わない。それを察したサイラス王子が、まずギルに尋ねた。

「ギルバート殿。ウェスターに行かれた時のように、まず我が国を一度訪れてみてはいかがか」

「サイラス殿。ウェスター滞在は短かったとはいえ、私の見聞を広げてくれました。キングダムの四侯として、将来の私の力になることでしょう。ウェスターには私の叔父もいることですし、また訪れたいとも思います。いずれイースターにも、ファーランドにも訪ねていきたい気持ちはあります。その際にはお世話になることもあるかもしれません」

「我が国はいつでも歓迎いたします」

ギルの回答は百点満点である。遊びには行くかもだけど、あくまでキングダムの四侯として見聞を広げるためだと釘を刺している。私は心底感動した。

「では、ルーク殿」

兄さまは一二歳なので、伸び盛りとはいえまだ身長は低い。サイラスに見下ろされる形となった。

「私も、ウェスターを訪れたように、いずれイースターにもファーランドにも訪れたいと思っています。特にファーランドは祖父の領地と国境を接しているから、行きやすいだろうなあ」

おっと兄さまらしくない、子どもっぽい言い方だ。案の上サイラスは右の眉を上げた。そんな性格じゃないだろうと言う心の声がする気がする。

「よろしければイースターからも迎えを出しますゆえ、ぜひ、イースターにもいらっしゃるといい」

「その時になったらお願いするかもしれません」

お願いしないかもしれないのである。

「さて、リーリア殿」

私はラグ竜のぬいぐるみをギュッと握りしめ、心の中でしゅっしゅっとこぶしを振った。

「すみませんが、その危険物からは手を離していただけるとありがたいのですが」

笑いを含んだ声がする。笑いを含んだからといって好感度は上がらない。

「リア、預かろう」

「おとうしゃま、あい」

私はラグ竜をお父様に素直に差し出した。危険物とはなんのことだという気配が、王家とモールゼイから漂ってくる。

サイラス王子は、兄さまの時とは違って私を見下ろしたりはせず、片膝をついて私と目を合わせた。そんなに近くで顔を見たくないというのが正直な気持ちである。

「リーリア殿、またお会いできてとても嬉しい」

「りあはうれちくない」

「これは手厳しい」

サイラスはくっくっと嬉しそうに笑った。私は思い切って一歩前に出て足を踏みしめた。その際、何かを踏んだような気がするが、気のせいだろう。

「うっ」

何かうめいているような音がするが、どうかしたのだろうか。私は腕も組んだ。

「この間お会いしたときも熱い歓迎を受けたと記憶していますが」

「しょのまえあったとき、りあをぽいってちたのはだれ」

「さて、なんのことやら」

王子はまたくっくっと笑った。

「リーリア殿がおいでになったら、イースターのあちこちを案内しますよ。私の南の別邸にもぜひいらしてほしい。海と山脈沿いにある、風情のあるところなのです」

なぜ私にだけそんなにしつこいのだ。私は踏ん張る足に一層力を入れた。

「りあ、いーしゅたー、いちゅかいきたい。でも、いくならじぶんでいきましゅ」

私はふんと胸をそらせた。

「りあには、あんないふようでしゅ！」

「これはまた。くっくっ。いつか案内をねだられたいものだが」

サイラスはすっと立ち上がったので、私も足を引いた。サイラスはまっすぐ王様を見た。

「この通り、どなたがおいでになっても歓迎いたします。いつでもお声掛けください」

「うむ。気遣い、いたみいる」

これで謁見は終わりだ。

「では、別室にご案内を」

サイラスは一礼すると、ライナスに連れられていったん下がった。この後、ご歓談とやらがあるという。

「リア、これを」

お父様がラグ竜のぬいぐるみを返してくれたので、ありがたく肩にかける。

「おとうしゃま、ありがとう」

「お父様に心配をかけないでおくれ。ラグ竜がなくても、リアは何をするかわからぬ。まったく」

私はプイっと横を向いた。だって、なんだかいやだったんだもん。

「リア、おまえ、あしをふんでいたのはわざとか」

ニコがあきれたように言った。見ていたらしい。部屋のあちこちからグッとかブフッという声が聞こえたが、皆見ていたのだろうか。しかし答えは一つだ。

「たまたまでしゅ」

そう、たまたま足が乗っちゃったにすぎない。

サイラス王子が竜の間を出ていき、緊張した空気が緩むかと思えば、そんなことはなかった。

「虫唾が走る。レミントンにも、イースターにも」

そうはっきり言ってしまったのは、モールゼイのハルおじさまだ。

確かに、レミントンの言っていることは、要は自分は自由にしたいのよということに尽きる。キングダムよりイースターのほうが自分が自由で楽だからそうしたいということを、まるで美談のように語るからこちらを苛立たせるのだ。

「私はレミントンの言うことにはかけらも意味があるとは思えぬ。モールゼイは、レミントンはそもそもなかったものと考える。そして、イースターとは関わらない。わが家の役割は、キングダムの結界の維持である。失礼する」

そう言うと、一人でさっさと竜の間を出てしまった。マークはと言うと、困ったような顔で、それでもこの場に残っている。

「父の言ったことが、モールゼイの方針です。ただ私は、個人として、若い世代の貴族としてここに残ります。関わらなければすむ問題でもないような気がしますので」

ハルおじさまに叱られないだろうか。ちょっと心配する私に、マークはニヤリとしてみせた。

「お前は好きにするがいいという許可はもらっているよ」

「さしゅが、はるおじしゃま」

「さすがマーク兄さまと言ってもいいんだよ」

ちょっとだけマークを見直した私は、にっこりと笑った。しかし、すかさず兄さまが口を挟んだ。

「さすがです。マーク」

「ルーク、そこまでリアに自分以外を兄さまと言わせたくないの？　心が狭いな」

「さすがと言ったことを撤回しますよ」

いろいろ考えるべきことはあっても、子どもの私たちは通常通りである。そんな私に、お父様がしゃがみこんで言い聞かせた。

「リア、私たちはこれから歓談や交流とやらをせねばならぬ。モールゼイは参加しないと言ったが、そういうわけにもいかないからな。だが、リア。お前の役割はここで終わりだ。おとなしくうちに帰れるな？」

「……」

私はすぐにはいとは言えなかった。サイラス王子との今のやり取りだけで、その危険性をわかってもらったとはとても思えなかったからだ。

お父様がもう少し私に言い聞かせようと口を開いた瞬間、段の上のニコから声がかかった。

「リア、わたしもこのあとのパーティにはでるつもりはない」

「ニコ、何を言っているのだ。結局何度も会うことになるのだから、サイラス王子と直接話をしてみたいと言っていたではないか」

すかさずアルバート殿下の突っ込みが入った。ニコが大事で、ニコを成長させる機会があればどんなことでも逃したくない人なのだ。しかし、ニコはちらりとアル殿下を見上げると、返事をせずにそのまま私に話しかけた。

「リア、だからちちうえたちのしごとがおわるまで、いつものようにとしょしつですごさないか」

「ニコ。どうしたのだ。オールバンス、あなたもなぜリアを帰らせようとする。リアは少しやんちゃだったかもしれないが、友好的な雰囲気だったではないか」

この言葉でお父様のこめかみがと音を立てて引きつったような気がした。しかし、お父様が口を開く前に、やはりニコが先にアル殿下に答えた。

「おじうえ、もしリアがいもうとだとしたら、わたしはあのおとことリアをにどとあわせようとはおもわぬ。なにやらいやなこころもちであった」

兄さまとギルがその通りという顔で頷いた。

「サイラスどののみきわめは、ちちうえとおじうえにおまかせする。リア、いえにかえりたくないなら、わたしとあそぼう」

「あい！」

お父様だけでなく、兄さまも帰らない家で、一人待っているのは落ち着かない。ニコと一緒なら楽しく待てるし、少なくとも城から帰るときには一人ではない。

私は自分の護衛のほうに体を向けた。

「はんす」

「はい、リーリア様」

「きょうは、にいしゃまについてて。そちて、ちゃんとみてて」

「それは……」

ハンスはまずお父様を見て、お父様が頷くと仕方なさそうに了承した。私も兄さまが危険だとはつゆほども思っていない。でも、ハンスにこそ、サイラス王子をよく見ておいてほしかったのだ。

「では、わたしとリアはさきにしつれいする」

「しちゅれいちましゅ」

私とニコは、ハンスがいない分なのかいつもより多い護衛に守られながら、手をつないでいつもの図書室に向かった。

「なにやらへんなおとこであったな」

「あい。きけんでしゅ」

護衛やメイドもいるなか、あいつは人を平気で傷つける奴なのだとは言えなかった。

「リア、もしサイラスおうじがきけんであるならば、それはよくないことだ」

「よくないこと？」

「うむ。おうじというものは、くにをせおうもの。サイラスおうじがきけんならば、それはイースターがきけんなくにだということになる」

私はぽかんとした。サイラス王子は私を直接襲った人だ。だから嫌いだし、悪い人だと思っていた。しかし、兄さまもお父様も、キングダムとイースターとの国交は良好だという。だから、サイラス王子が勝手にやったことのような気がしていたのだ。

「リア、わたしがおおきくなって、すきかってなことをしたとき、それをキングダムがしらぬとおもうか」

知らないわけがない。王子と言うものは、そんなに自由ではない。

「たとえだいさんおうじといえど、いや、だいさんおうじだからこそ、あのおとこのやることは、すべてイースターはしっていると、わたしはおもう」

「じゃあ、りあは、いーしゅたーに……」

それ以上は口に出してはいけない。つまり、イースターが裏で糸を引いていたから、さらわれたということなのか。でも、いったいなぜだ。

「ひとちゅじゅちゅ、へりゃしゅ」

私のわかりにくい言葉もニコはすぐに理解してくれる。

「ひとつずつとはなんだ。なにをへらすというのか」

「まじゅ、りあ。おーるばんすのよびを、なくしゅ」

私は人差し指を一本立てた。もっとも親指もたっているが。

「リアがひとつめか」

「ちゅぎにれみんとん。よんこうをひとちゅ、なくしゅ」

私は立ち止まり、中指も立て、ニコのほうを見た。薬指もつられて立ったので、何本だかよくわからなくなっているが。

「しょのちゅぎは？」

「……わからぬ」

もしかして、思っていたより大変なことが起きているのかもしれない。私とニコは、護衛に促されるまで、その場に立ちつくしていたのだった。


それからすぐにイースターの第三王子は国に戻ったので、私が顔を合わせる機会はなかった。

「リアに特別な関心を持っているようには見えたが、だからといってそのために誘拐までするようには見えなかった」

それが大人たちの共通した意見だ。私だって、私のことが好きだから、気になるから誘拐されたのだなどとはかけらも思っていない。あえて言うなら、ウェスターで私をさらうのに失敗したから、そのことで私は逆に一目置かれたのだろうと思っている。

結局は、私の親しい人たちが一層警戒を深めたというだけの結果に終わったように思う。

だが、その王子の背後にあるイースターの思惑については、大人にもっとちゃんと考えてほしい。

そう思うのだが、それは幼児の仕事ではないような気がしたし、結局は私にできることは何もなかった。

日常を楽しく過ごし、家族を大切にする。そうして毎日を過ごしていく。自分が大きくなっていくので精一杯。

そうして私は前と変わらず昼はニコと一緒に、朝と夜はお父様と一緒に、お休みの日は兄さまと過ごしている。

しかし、ニコにとってはクリスという元気な遊び相手がいなくなったのは大問題らしい。私がお昼寝している間が暇だというのだ。だからつい余計なこともしたくなるらしい。

「にさいになったというのに、リアがひるねをするりょうはかわらぬなあ」

「しゅこしへったとおもいましゅ」

私はきちんと反論した。確かに、お昼ご飯の後、いつの間にか寝ているのは変わらない。しかし、起きてから遊ぶ量は増えているような気がする。

「リアがいっていることはもっともだ。だが、これをみよ」

ニコはなぜか得意そうな顔をして、何かが書かれた、少し大きめの紙を出してきた。なぜかオッズ先生も得意そうな顔でそれを見ている。

その紙には、横に日付、縦に時間の軸があるグラフが書いてあった。

私はちょっとうんざりした顔をしていたと思う。

「はじめはきたのりょうちからかえってきたときだな。あまりにもたいくつだったので、オッズせんせいが、とけいのよみかたをべんきょうしてはどうかというのだ」

「そうでしゅか」

確かに、時計を読むのは賢い三歳児でも大変なことだ。おや、今は四歳だった。

「そこから、リアがねはじめるじかんと、おきたじかんをはかって、リアがかえったあとに、どのくらいねたかをけいさんする。それをこのようにきにゅうしていくと、ほら」

「ほらってなんでしゅか」

「ふえたりへったりはしているが、さいしょからさいごまでだいたいかわらぬ」

「しょれで?」

私が不機嫌なことに気がつかず自慢げに話すニコは、いっそう胸を張った。

「つまり、リアのねるじかんがへったのではなく、オールバンスがくるのがおそくなったから、リアのあそぶじかんがふえたということだな。次にこっちのかみがオールバンスのむかえにきたじかんだ」

ニコは頭がいいし、数字を根拠にものを考えられるのはとてもいいことだと思う。オッズ先生が誇らしそうなのもわかる。だが、ここは一言言わなければならないだろう。

「れでぃのねるじかんをはかるとか、ないでしゅ」

「れでぃ?」

「ブッフォ」

最後のはハンスだろう。まったく。

ニコはレディはどこにいるのかと一瞬きょろきょろして、はっと何かに気づいた顔をした。

「レディか！　そう、そうだな、リアはレディ。うーん、ほんにんがそういうのならそうなのだろう」

別にレディにこだわっているわけではない。

「ともだちのねるじかんを、はかってはいけましぇん」

「そうだな。すまなかった」

ニコは素直に謝った。

「では、つぎはなにをはかるか。これはなかなかおもしろいのだぞ」

「そうでしゅね」

クリスがいなくなっても、共に過ごす時間はいつの間にか他のことに置き換わっていき、日常は続く。寂しそうな私に、ニコはさりげなくこう言った。

「リアにルークがいるように、クリスにはフェリシアがいる。まじめなフェリシアが、きっとクリスにべんきょうさせているにちがいない」

「あい。きっとちからられてりゅ」

そしてすねているクリスが目に浮かぶ。

「そちて、まえよりずっと、かぞくといっしょにいりゅ」

「そうだぞ。しんぱいするな」

ニコは私にお昼寝のベッドから下りるよう合図した。

「さ、リア、おきているじかんをむだにせぬよう、むかえがくるまであそぶぞ！」

「あい！」

それが子どものお仕事なのだから。

季節は移り変わり、夏の前に雨の多い季節が来た。

「それにちても、こんなにふったかなあ？」

去年はウェスターで過ごしていたから気がつかなかったのだろうか。私は屋敷に戻り、窓からもうすぐ暗くなる空に雨が降り続いているのを眺めた。

「いいえ、今年はいつもより雨が多いですよ。こんなにしとしと降り続くと、少し気がめいりますよねえ」

ナタリーが全くいつもと変わらない顔でそう説明してくれた。まったくめいっているようではないが、ナタリーも気がめいっているのだろうか。

「こんどは、おしょとでどろんこちようっと」

「どろんこ、ですか」

駄目だろうか。私はナタリーの方をちらりとうかがった。

「でしたら、汚れてもいい布で遊び着を作るべきでしょうか。さっそくリア様衣装班に連絡をとらねば」

そんな班ができているとは知らなかった。追及するとまた一日が採寸と着替えで終わってしまいそうな気がするので、私は聞かなかったことにして、窓の外をまた眺めた。

「あれ？」

門のほうから、門番の誰何《すいか》をはねのけてラグ竜に囲まれた竜車が走ってくる。お父様は家にいる、ということは、何か城であったのだろうか。

「なたりー、みて」

「なんでしょう。まあ。あれはグレイセスではないですか。護衛隊の服は着ていませんが」

「そういえば、にてりゅ」

でも、それならいわゆる敵ではない。だから門番も通したのだろう。私はちょっと安心した。

「げんかん、いってみりゅ」

「リア様、駄目です。何かあれば必ず連絡がきます。たとえ護衛隊といえど、あのような慌てた様子、何かトラブルに違いありません」

普段家にいるときは、ハンスは夕方からは護衛のお役は御免なので、先ほど退席したばかりだ。その休んでいるはずのハンスが、トントンとドアを叩き、すっと部屋に入ってくると、すかさず鍵を内側から閉めた。

「ハンス、何かありましたか」

「わからねえ。とりあえず玄関のほうでバタバタしてる。そっちにいて事情を知るより、リア様の側にいるほうがいいと判断した」

「わかりました。さあ、リア様。何があっても移動できるよう、この上着を着て静かにしていましょうね」

「あい」

私は素直に夏用の上着を着てソファに座ると、ナタリーとハンスと一緒に静かに連絡を待った。

トントン。

「ジュードです。リア様、緊急事態です。お手伝い願えますか」

移動の合図ではない。何か私の手を借りたい事態のようだ。私はハンスに頷いた。

ハンスはドアをそっと開けた。

「何があった」

「フェリシア様です」

「ふぇりちあ?」

なんということか。全く予想もしない名前が出てきた。

「クリス様を連れて、イースターから逃げてきたそうです」

「それでリア様か」

「リア様を見たら落ち着かれるかと」

私はすっくと立ちあがった。

「いきましゅ」

今こそ、出番である。

客室は本来、私の部屋のある棟とは階段を挟んで向こう側にあるのだが、おそらく警備の関係で、ギルなど親しい人が泊まりに来るこちらの棟の客室に連れてこられたようだった。

部屋の前にしっかり護衛が立っているので、私たちを先導していたジュードは、その護衛に声をかけた。見たことがある気がするが、護衛隊の一人かもしれない。

「リア様です」

護衛はいぶかしげにジュードを見ると、次にハンスとナタリーを見て、それから目を下にやって
やっと私に気づいた。一目で全体を見られなければ、護衛として役に立たないのではないか。

「ちっかくでしゅ」

「失格だとよ」

「そ、そんな、リーリア様」

名前と失格の意味を知っているということはやはり城に来たことがある護衛だろう。がっくりとし
ているが、そんなことをして遊んでいる暇はない。護衛もすぐにしゃんとし、中に声をかけ、返事を
もらいという手順をきちんと踏んで、私たちを部屋の中に入れてくれた。

「ごうかくでしゅ」

「ぎりぎり合格だ」

「ありがとうございます！」

間にたいして意味のないハンスの翻訳を挟みながら、客室に入っていく。さっと目を走らせると、
ソファに疲れた顔のフェリシアが座っており、隣にぼんやりしたクリスを座らせてその背中にギュッ
と手を回して引き寄せている。

まるでこの世界に味方などいないような顔をして。

部屋の隅には町の人のような格好のグレイセスが立ち、お父様と話をしており、部屋はそれなりに

人が多くがやがやとざわついていた。

「ふぇりちあ。くりしゅ」

私が静かに声をかけると、フェリシアがはっと気がついて、立ち上がろうとした。が、クリスに手を回していたことに気づいて、またそっと腰を下ろした。

「リア！」

「リア？」

フェリシアの声に、ぼんやりしていたクリスの目の焦点が合っていく。

「あい。ふぇりちあ。くりしゅ。おかえりなしゃい」

フェリシアの目に見る見るうちに涙が盛り上がっていく。そんなか弱い人ではないのに。

私はフェリシアが乗り越えてきただろう困難を思い、切なくなった。しかし、とりあえずジュードに確認する。

「おちゃとごはんは」

「今用意させております」

「おふろは」

「それはまだでございました。ただいま」

「ねまきとべっどは」

「ご用意済みでございます」

「ごはん、おふろちて、しゅぐやしゅめるように」

「承知いたしました」

「しょれから、からのましぇきをしゅぐに」

ジュードは最後は黙って頭を下げると、すぐに指示を出し始めた。私は最後にグレイセスと話しているお父様に声をかけた。珍しく、私が入ってきても気がつきもしないほど集中している。

「おとうしゃま」

「お、おお、リア。来てくれたか」

本当に気づいていなかったらしく、私を見てやっと表情が緩んだ。

「おとうしゃま、じゅりあおばしゃま、きてもらって」

「ジュリアだと？　今スタンには連絡を取ろうと思っていたが」

「じゅりあおばしゃま」

「わかった」

大人の女の人がいたほうがいいでしょう。私の提案にいぶかしげな顔を向けたお父様だが、すぐにそう動いてくれた。

ここまでを済ませると、私はソファのフェリシアとクリスのところまで急いで戻った。

「そんなに急いだら転んでしまうわ」

こんな時でも人の心配をするフェリシアにたどり着くと、その膝にギュっとしがみついた。フェリシアは右手でクリスを抱きしめ、左手で膝にしがみついている私の背中をゆっくりとなでた。

「リア、私、逃げてきちゃったの」

まるで幼子のようなしゃべり方だ。私はただただ頷いた。

「あい」

「悪い子かしら」

「いいこでしゅ」

その時、後ろからそっとジュードが声をかけた。

「リア様、魔石をお持ちしました」

私はそっとフェリシアの膝から顔を起こした。

「あい。ありがと」

私は魔石を受け取ると、そのままぼんやりしているクリスに手渡して、外側から握らせた。

「くりしゅ」

「リア？」

「そうでしゅ。くりしゅ、いやなきもち、このましぇきにいれりゅ」

「ませき」

「いちゅも、おちろでやってた。ゆらゆらちて、うちゅしゅ」

クリスの手にわずかに力が入ると、魔石に魔力が移り始めるのがわかった。

「ふぇりちあ、くりしゅ、いちゅから、ちてない？」

「わからないの。ずっと忙しくて、一緒にいてやれなくて」

クリスが自分から魔石を要求して、魔力を入れるということはないだろう。クリスがぼんやりしていたのは、疲れているからもあるだろうが、魔力の量が増えて痾癪を起こす段階を通り過ぎてしまったからだ。小さい魔石は濃い紫色になったが、クリスの様子はたいして変わらない。

「じゅーど、もうひとちゅ」

「しかし」

「もうひとちゅでしゅ」

「……はい」

用意はしてあったのだろう。ジュードはもう一つ魔石を手渡してくれた。

私はクリスの手を開いて、色の濃くなった魔石を取ると、空の魔石を握らせた。

「リア？」

「くりしゅ、もうひとちゅ」

「でも」

クリスもだいぶ頭がすっきりしてきたようだ。

「りあ、しぇんしぇい。だいじょうぶ」

「まあ、リアったら。えらそうね」

普段のクリスが戻って来た。フェリシアの力が少し抜けたのがわかる。

「くりしゅ、できりゅ？」

「もちろんよ」

クリスはふふんという顔をすると、自分から魔石を手のひらに乗せ直して、魔石に魔力を移し始めた。合わせて二つ、魔石をいっぱいにする頃には、クリスの魔力はすっかりいつもの量に戻っていた。

「クリス！」

安心したようにギュッと抱きしめるフェリシアにクリスは反射的に抱き着くと、それでも私を見て、それから見知らぬ部屋にいることにやっと気づいたようだ。

私もフェリシアもいるせいか、怯えたりはしていないが、不審そうな表情になり、それから何かを思い出すかのように眉を寄せた。出会ったころのクリスならここで怒り出していただろう。

でも、クリスは怒らなかった。

「リア、ここはどこ？」

「りあのおうちでしゅ」

「リアのおうち。じゃあ、キングダムにもどってきたのね」

「あい」

そして自分で答えにたどり着いた。

「クリス、黙って連れ出してごめんなさい」

「姉さま。なかないで」

フェリシアはクリスを抱きしめて泣いている。私はフェリシアの膝をとんとんとなだめるように叩いた。その時、ドアが開かれていい匂いが漂ってきた。

「リア様、軽食とお飲み物をお持ちしました」

「あい。ありがと。まじゅごはん。だいじ」

私はジュードと料理を運んできてくれたメイドに頷いた。

「ふぇりちあ。くりしゅ。たべりゅ」

「おいしそうね！」

クリスはちゃんとお腹がすいているようだ。一口サイズにあつらえられたサンドイッチや小さいお菓子がこれでもかと並べられ、温かいスープやお茶も用意されている。

食欲のなさそうだったフェリシアも、一口スープを飲んだら元気が出てきたようで、クリスが食べるのを手伝いながら、自分もちゃんと軽食を口に運んでいた。

食べられるようならまず大丈夫。事情を聞くより大事なことだ。私はまずはほっとした。

「ぐれいしぇしゅ、ごはんは？」

グレイセスは驚いたように私を見て、答える前にジュードを見た。

「部下の方たちには既に軽食をお出しし、休憩いただいていますよ」

「ありがとう。ですが」

「グレイセス。かまいません。こちらで一緒にいただきましょう。たくさん用意してくださったもの。私たちだけでは食べきれないわ」

遠慮したグレイセスをフェリシアが食卓に誘った。

さて、落ち着いたところで事情を聞こうではないか。その前に。

「りあもたべりゅ」

「そう来ると思ったぜ」

お腹の準備も済ませないと。

おいしいねと言いながら食事を済ませたころには、クリスはやはり疲れていたのか寝てしまった。寝るのは私の役割かと思っていたが、たまには譲ってもいいだろう。

テーブルを片付け、お茶が用意された頃、ノックの音がして、スタンおじさまとジュリアおばさま、そしてモールゼイのハルおじさまとマークがやってきた。これでこの部屋には四侯の血筋がそろったことになる。

「にいしゃまとぎるは？」

「あの二人まで呼んでしまうと騒ぎが大きくなる。二人は後回しだ」

気になった私にお父様が答えてくれた。

「フェリシア！」

ジュリアおばさまは、さっそくフェリシアの隣に座って、安心させるようにフェリシアを引き寄せた。ちなみに、クリスが寝てしまったので、フェリシアの反対側には私がくっついている。お守り、あるいは暖房代わりである。夏だけれども。

フェリシアは、ジュリアおばさまに抱き寄せられると、一瞬体を固くしたが、隣で私もギュッと体を寄せるとやっと力を抜いた。

こんな風に体を固くする人を私は知っていた。兄さまである。人と体を触れ合ったり、抱き合ったりするのに慣れていないと体がこわばってしまうのだ。

私が幼い頃、私たちが本当の意味での家族ではなかった頃のことが思い出される。愛情など示さないのが当たり前、そういう家もある。

いちおう、四侯同士でお付き合いはあるので、ジュリアおばさまはフェリシアにとってはまだましな大人なのである。

「それでは、フェリシア、疲れているのはわかるが、そろそろ事情を聞かせてもらってもいいだろうか」

「はい」

お父様の声に、フェリシアは静かに頷いた。

「最初にキングダムを出ると聞かされたのは、国境近くの町に連れて行かれた時でした。私もお母様も一緒にそこまで行ってしまったら、魔石に魔力を入れるレミントンの仕事がおろそかになる。そんな不安が次第に大きくなりましたが、お母様は笑って取り合わず、お父様は困った顔をするだけで」

フェリシアの話はある意味予想通りだった。

「何かが計画されているとは感じてはいましたが、まさかお母さまがそんなことを考えているとは思わず、私はもちろん大反対しました」

「やはりアンジェか……」

お父様の言葉は、部屋の全員の思いを代弁していたと思う。ジュリアおばさまが、念のためにという感じで確認した。

「その、イースターから脅されていたとかそういうことではなく？」

フェリシアは力なく首を横に振った。

「それはもう、お母様はイースターに行くのが楽しみでたまらないといった様子でした。キングダムの民のことをどう考えるのだとお話ししましたが、そんなことはお母さまもとっくに考え抜いて計画し、決断していたのだと思います。私が何を言っても揺らぐことはありませんでした」

フェリシアは一六歳である。何を言っても、まだ親元で行動するしかない年頃だ。誰もフェリシアを責める人などいなかった。

「私は、それなら自分はキングダムに残ると言いました。お母様が辺境の民のことも考えたいというのならば、私は四侯の跡継ぎとしてキングダムの民のことを考えたいと言ったのです。お母様が誰のために生きるか自分で決めたいなら、私だってそうしていいはずです」

「なんて重い選択をこの子に背負わせるのかしら、アンジェは」

ジュリアおばさまの手は、支えるようにフェリシアの腰に回ったままだった。

「でもお母さまは、そうしたければそうすればいい、ただしクリスは一緒に連れて行くからと。クリスは、イースターに引っ越しすればお母様は忙しくなくなるから、一緒に遊べるわよと言われて大喜びでした。当たり前のことです。子どもは母親に付いていくもの。でも私はクリスだけをお母様のもとに残す気にはなれず、結局イースターに行くことになってしまいました」

「くりしゅ、おかあしゃまといっしょ、よかった」

私はフェリシアの決断を褒めてあげたいと思った。でも、フェリシアは、首を横に振って両手を膝の上で握りしめた。

「城で私やクリスとお昼を一緒に食べるのでさえ面倒と思う人です。時間があるからと言って、私たちのために時間を割いてなどくれるわけがなかったのです」

そうかもしれないとは思っていた。私が赤ちゃんの頃、たまたま兄さまとお父様と絆を結び直すことがなかったら、お父様だって似たようなものだったと思うから。

「同年代との交流と称して、私とクリスのもとには常に客がやってきていました。クリスも前よりだいぶ人慣れしたとはいえ、遊ぶはずの友だちの顔ぶれがしょっちゅう変わるのでは混乱してしまいます。ましてや五、六歳の貴族など、大なり小なりわがままな子ばかり。私も自分の客の相手でクリスのことまで気が回せず、クリスは次第に疲れて表情がなくなっていったのです……。もちろんお母様との時間などこれっぽっちも増えませんでした」

部屋の誰も何も言うことができなかった。

「そしてクリスの六歳の誕生日。せっかくだから盛大にやりましょうとお母様が言い出して、客を招いてのパーティが行われました。『なんて静かで上品な子だ』と褒められて、お母様は鼻高々だった。やっぱりイースターにクリスを連れてきたのは正解だったわ、なんて。ねえ、リア」

「あい」

「おかしいでしょ。生き生きしてやんちゃで元気なクリスが、ガラスのような瞳をして、静かに座って挨拶を受けているだけなのよ」

「おかちいでしゅ。くりしゅ、げんきなこ」

「そうよね。今思えば、魔力の調整ができていなかったのだということがわかるけれど。もう駄目だと思ったの。このままでは、私たちは」

突然環境が変わってどうしていいかわからないクリスと、忙しすぎてどうしようもないフェリシア。

「しかし、子どもだけで逃げ出すのは無理があるだろう。いったいどうやって逃げ出したのだ」

それこそが聞きたいことだった。

「お父様です」

お父様。レミントンの家の話ではほとんど出てこない人だ。

「ブロードがやっと動いたか。何をやっているのかと思っていたが」

スタンおじさまがボソッとつぶやいた。そういえば、ブロードというのがフェリシアとクリスのお父様の名前だったような気もする。

「お父様は基本、お母様のすることに反対はしません。今回もお母様のしたいようにさせていました。けれど、誕生会の時のクリスを見て、これは駄目だと思ったそうです」

「愛情を注ぐのは何も母親でなくてはならないことはない。ブロードがそうしてもかまわなかったはずだ」

お父様はおそらく自分がそうしているから、クリスのお父様もそうするべきだと思ったのだろう。

フェリシアは初めて少し笑った。どうしようもないという、あきらめのこもった笑いだった。

「お父様は、お母様のお相手をするのに精一杯なのですよ。私たちに割ける時間などほんのわずかです」

「アンジェ……」

「お父様は言いました。お母様も、小さい頃から自由などなく、せめて恋人であり夫である自分がしてやれることは、お母様を好きに行動させてやることだけだったと」

あの自由なアンジェおばさまにも苦悩があったとは信じられないが。お気楽なマークでさえ、苦悩することもあるようだから、何かはあったのだろう。

「けれど、アンジェが自由にしたいのであれば、子どもであるフェリシアやクリスも自由に行動していいはずだと。その行動を制限して縛っているアンジェは、自分が幼い時にされたくなかったことをお前たちにしてしまっているのだよと、悲しそうにそう言うと、お父様は私に聞いたのです。フェリシアはどうしたい、と」

聞くのが遅すぎると、私は思った。キングダムを出る前にそうすべきだった。

フェリシアは続けた。

「私のしたいことは一つです。イースターの民も、キングダムの民のことも大切ですが、それでも私の大切なことはたった一つ。クリスが幸せでいられること。それだけです」

フェリシアの言葉には自分自身の幸せなどこれっぽっちも感じられない。四侯の当主である以上、フェリシアは、自分自身についてはまず義務感が先に立ち、幸せなど考えられないのだろうと思うが、それにしても一六歳にしては切なすぎる考え方だった。

「クリスはお母様もお父様も大好きです。そんなクリスを母親から引き離すほうが非道ではないかとも考えました。それに、私たちがいなくなったらイースターでのお母様の立場がどうなるかと」

お父様とスタンおじさまが、私たちの頭越しに一瞬目を合わせたのが見えた。難しい立場になるのは確かだろう。

「それでも、ガラスのような瞳のクリスを見たくなかった。私のわがままです。そしてキングダムに戻ってくるとなったら、リアのことしか思い浮かばなくて」

私はフェリシアに一層ギュッとくっついた。

「ふぇりちあ、おかえりなしゃい」

「リア、私どうしたらよかったのかしら……」

「しょれでいい。だいじょうぶ」

しばし部屋にはなんとも言えない沈黙が落ちた。王族も四侯の大人も、そしてレミントンの親戚筋でさえフェリシアは頼ろうとは思えず、なんとか思いついたのが二歳児の私だったというのは確かに情けないことではある。

話し終えてほっとしたのか、フェリシアの瞼が今にも落ちそうだ。そこに、お父様がごほんと咳払いした。

「うちに来たからには、フェリシアもクリスも、オールバンスが責任を持って面倒を見る。フェリシア、先のことは案ずるな」

「ディーンおじさま、ありがとうございます」

「うむ。話はまたゆっくりすることにして、今はとにかく休もうか」

「はい」

フェリシアもメイドに連れられて、休む支度に入るようだ。私たちは場所を移動することにした。

応接間に落ち着くと、私もざっと話のあらましを聞かせてもらった。主にイースターを出てからのことだ。

フェリシアはお父様に密かに逃がしてもらうと、まっすぐに国境を目指したという。ちょうど国境際で様子をうかがっていたグレイセスに保護され、とにかく最低限の休みで王都を目指した。アンジェが追手を出すとは思わなかったが、イースターがどうするかまではわからなかったからだ。

グレイセスも何かが起こりそうだと思い、しばらく国境際に待機していたというから素晴らしい。ハンスがさすが俺の後継だなという顔をしているが、たぶんそうではなく、単にグレイセスが優秀なのだと私は思う。

「グレイセスの行軍は本当にぎりぎりだぞ。フェリシアはよく耐えられたな」

お父様が少し眉根を寄せてグレイセスのほうを見た。

「さすがに女性に閣下ほどの無理はさせません」

「やはりあの時は私を試したか」

「は、いえ。その……」

グレイセスが微妙に目をそらしている。二人に昔何かがあったのだろうか。私は後で聞いてみようとわくわくしたが、今はそんな場合ではないので我慢する。

「とにかく、レミントンはこの間、自分が行きたくてイースターに行ったのだと主張していたな。だとしたら、フェリシアも自分の意志でキングダムにいる。なんの問題もない」

モールゼイのおじさまがそう言い切った。モールゼイのおじさまは、融通は利かない分、四侯としての考え方がシンプルで、ある意味はっきりした指針となってよいと思う。お父様はそれに頷くと、顎に手を当て、これからのことを考えだした。

「住むところはうちでいいとして」

「それはどうかしら」

「だめでしゅ」

お父様に同時に口を挟んだジュリアおばさまと私は、思わず顔を見合わせた。そして二人で力強く頷いた。あまりお話ししたことはないけれど、ギルのお母様だもの、いい人に決まっている。

「ジュリアはともかく、リアはどうして駄目なんだ。父様を独り占めしたいのはわかるが、クリスのことを考えたら、リアこそうちにいてほしいと言うと思ったのに」

お父様はこれである。別に独り占めしたいとかは思ってもいないし。

私はやれやれと肩をすくめた。

「おとうしゃま、りあ、くりしゅもふぇりちあもだいしゅき」

「そうだろう」

「でも、おとうしゃま、ちがう。おとうしゃま、りあとにいしゃまがだいしゅき」

「もちろんだとも」

お父様はそれがどう問題なのかという顔をした。

「ばかね、ディーン。本当にわかっていないんだから」

「ジュリア、君は何を言い出すんだ」

お父様が驚いてジュリアおばさまを見た。

「リアはね、お母様とお父様のいないクリスが、あなたに、お父様に大事にされている同じ年頃のリアを見たらつらいだろうと言っているのよ」

「そうなのか、リア」

「あい。そうでしゅ」

さすがジュリアおばさまだ。わかっている。

「ディーンがクリスを、リアと同じように大事にできるなら、ここに預けてもいいの。でも無理でしょ」

「……確かに、同じようには考えられない」

正直なところ、お父様にはレベルの高い課題である。

「その点、うちなら、子どもはギルだけよ。ギルは普段は寮暮らしだし。もう甘えるような年でもないから、私もスタンもちゃんとクリスをかわいがれるわ。フェリシアにも、母親の代わりになる大人の女性が必要だと思うの」

「そ、そういうものか」

お父様があたふたしているが、うちで引き取ると言っただけでもお父様は十分進歩していると思う。

私はそれを誇らしいと思うのだ。

スタンおじさまもジュリアおばさまと同じ意見だった。

「ディーン、俺もジュリアの言う通りにしたほうがいいと思う。クリスとフェリシアはうちが家族として面倒を見よう。やがてレミントンとして独立させるかどうかは、もっと時間がたってから皆で考えればいい」

「りあのとこ、いっぱい、とまりにきて？」

本当はクリスと一緒にいたいけれど、このほうがいい。

「ああ、リア。連れてくるよ。ギルが拗ねるから、ギルも一緒でいいかい？」

「もちろんでしゅ！」

ギルが来てくれたら、「またきたのですか」と言いながら兄さまが喜ぶ。私だって嬉しい。もちろん、マークが来てもいい。私は静かにしているマークにもっともらしく頷いた。

「まーくも」

「私も仲間に入れてくれて嬉しいよ」

情けなさそうだけど、嬉しそうでもある。

次の日、フェリシアとクリスが落ち着いた頃、ジュリアおばさまとスタンおじさまがやってきて、お父様と私も交えてみんなでお話をした。クリスには、イースターには当分戻らないこと、父や母と離れ離れであることもきちんと話した。

クリスは、両親と離れ離れになったことをちゃんとわかっていたようで、素直に頷いた。

「クリス、あなたはリアと一緒がいいと思うけれど、オールバンスは大人がディーンしかいなくて、女の子のお世話は行き届かないと思うの。うちなら、私がずっと一緒にいられるから、クリスとフェリシアにはうちに、リスバーンに来てほしいと思っているの」

ジュリアおばさまが、まじめな顔でしっかりと話しかけた。

「クリスのお母様はイースターにいるけれど、キングダムでのお母様は私と思ってくれていいのよ」

クリスはフェリシアを見て、フェリシアがそうしましょうとにっこりしたのを見て、頷いた。でも、お母様にならなくてもいいのと首を横に振った。

「ジュリアおばさま。わたしには、はなれていても、お母さまがいるからもういいの。キングダムにもお母さまがいたら、お母さまがふたりになっちゃう」

「ふたりいてもいいでしゅよ。にいしゃまにもふたりいましゅ」

私は人差し指と中指を上げてみせた。クレアお母さまと、ダイアナおばさまと。二倍でいいのではないか。

「リアったら、ゆびが三ぼんになってるわよ」

「にほんでしゅ」

そこは気づかないふりをするのが小さい子に対する礼儀である。

「リアにはお母さまはひとりもいないのよ。わたしだけふたりもお母さまがいるのは、ぜいたくだもの」

「くりしゅ……」

そんなふうに思っていたとは思わなくて、私はちょっと当惑した。私には珍しいことだ。

さて、私はお母様がいなくてかわいそうなのか。周りの人がクリスの言葉に驚いて何も言えないでいる間に、私は腕を組んでふむと考えた。もちろん、腕はしっかり組めている。

寂しいことは寂しかったが、今まで生き抜くことで精一杯で、あまりお母様については深く考えてこなかった気がする。そうだ。私は組んでいた腕を外して、ポンと胸を叩いた。

「りあのくれあおかあしゃま、ここにいましゅ。だからおかあしゃま、ひとりいりゅ」

リア、と小さくお父様の声がした。おじいさまのお屋敷で、肖像画をちゃんと目に焼き付けてきたのだ。お母様は心にいるということにしよう。

「しょれから、じゅりあおばしゃまも、りあのおかあしゃまにしゅる。これでふたりめ」

「そんなかってにお母さまをふやしていいの？」

「いいのよ。いいの。リア、クリス、いらっしゃい」

私はクリスの手を引っ張って迷わずジュリアおばさまのところに行った。好きな人に抱っこしてもらうのに迷う必要はない。たとえ、本当はお母様ではなくても。ジュリアおばさまはなぜか涙声だったが、私たちをギュッと抱きしめてくれたから、顔はよくは見えなかった。

「おかあしゃま、なんにんできるかな」

「とりあえず二人でいいんじゃないかしら」

ジュリアおばさまが微妙な声で返事をしたので、部屋には笑いが満ちた。

クリスが冷静でいられるのは、今は状況の移り変わりが激しすぎて、感情が付いてきていないからだ。この先、クリスはお母様を恋しく思う日がきっとくる。それでも、そんな時、少しでも周りが支えられるといいと思った。

うちに滞在して疲れを取ったフェリシアとクリスは、少し明るい顔になって、数日後にリスバーン家に移動していった。

「別にうちに来たってよかったんだよね。息子の私が言うことでもないかと思って黙ってたんだけどさ。父も母もけっこう子ども好きだし」

その次の週、城での私たちの勉強会に交じっているマークが、ぶつぶつ文句を言っている。自分でも言っているが、あの時そう言えばよかったと思うのだが。

それを聞いて、ギルが、少し困ったような顔をした。今、週末だけとはいえ実際にフェリシアとクリスと暮らしてみて思うことがあったのだろう。

「マークのところはどうだろう。俺のところは、祖父の関係で小さい子の面倒を見ることがよくあったから、屋敷の者はみんな子どもには慣れてますからね」

「確かにうちは、子どもと言えば私しかいなかったけどね」

マークもそれは認め、そして少し夢見るような顔をした。

「でもさ、妹ができるってことだよ。しかも二人。夢があるじゃない。ちょっとくらい兄という気分を味わってみたいじゃないか」

私もニコもあきれた目でマークを見てしまった。結局はフェリシアやクリスのためと言っておきながら、自分が兄さまと呼ばれたいだけなのだ。それというのも、現在、クリスとギルの関係がこれだからだ。

「ギル兄さま」

「なんだい、クリス」

クリスは、フェリシアの他にもかまってくれる人ができてとても嬉しそうである。もちろん、寂しい時もたくさんあるはずだが、少なくとも城に来るときにはそんな様子はない。

私にも兄さまがいるし、兄さまは要は私がいればそれでいいというお父様と同じ属性の人なので、別にクリスがどこにいようが誰を兄さまと呼ぼうが気にしない。ニコには兄さまはいないけれど、アルバート殿下がいるし、遠慮するということもないので皆にかわいがってもらっていて不満はない。

そうなると、マークだけがなんだかつまらないという、そういう状況になるわけなのだ。

「確かにマークなら妹二人でしょうけど、俺の場合は違いますからね」

ギルが少し声を潜めているが、聞こえている。確かにフェリシアはギルより一つ年上だ。

「まあ、ギル。姉では不満だとでもいうの？」

「不満ではないよ。でもフェリシアはたった一つ上なだけだろ。たいして年上でもないじゃないか」

この年頃には姉という存在は微妙なのだろう。

「一つでも年上は年上よ」

ふふんと心持ち胸をそらしているフェリシアは、やっぱりクリスのお姉様だなあと思う。

フェリシアもクリスもいわばリスバーンの居候というわけだが、ギルとのやり取りを見ていると、委縮している様子は感じられないので、のびのびと暮らしているようだ。さすがジュリアおばさまとスタンおじさまだ。

「妹とはいいものでしょう」

フェリシアたちが離れた瞬間に、兄さまがギルにそう言っている。ちょっと先輩面をしているのが笑えると、妹の私はちょっと失礼なことを考えていた。妹自慢を当の妹が聞いても微妙な気持ちになるだけである。私はクリスたちを追いかけてその場を去ることにした。

「……いいものだな。クリスはリアと違って、ちょっとわがままで生意気なところがあるんだが、そのクリスが兄さま兄さまと言って寄ってくるのがまたなんとも」

その後も何か盛り上がっていたが、私は離れていたので聞こえなかった。うん。

レミントンの事件があっていっそう、私たち四侯の子どもたちの仲は深まったように思うが、大人たちはまた事情が違う。

仲が悪くなったということではない。しかし、レミントンが抜けたことによる穴を、まだ一六歳のフェリシアが担うことはできない。魔石に魔力は入れられるだろうが、正式には一八歳からということになるので、今フェリシアは勉強する以外の何もできていない状況だ。

ちなみに、レミントンの分の魔石は、フェリシアが訓練で魔力を充填するとき以外は、王族の誰かが交代でやっているとのことだ。現国王の他に、ランバート殿下もアルバート殿下もいる。おそらく、あと二侯が抜けても実質困りはしないのではというくらい、今の王家は魔力持ちが充実しているのだ。

もっとも、レミントンの魔石以外の仕事は、四侯が手分けして行っている。

イースターもイースターにいるレミントンも、今回の件について沈黙を保ってはいるが、国交はぎくしゃくしたままである。

つまり、お父様たちは、マークも駆り出されるくらいとても忙しいのである。

モールゼイは内政だから、王都の仕事だけしていればいいということではなくなってしまった。

「おとうしゃま、またうぇしゅたーにいくの？」

四侯は辺境には出られないので、実際には、ウェスターの王族と国境近くの町で話し合いとなる。

「そうなんだ。ちょっと今回は本当に気にかかることがあってな。事情によっては、ヒューバート殿下やリスバーンのハンター見習いたちが王都に来ることになるかもしれない」

「ひゅーとありしゅたが？」

「もちろん、すぐにではないが。それにしても、辺境の王族がひょいひょい来るようになるとは、時代というのは変化するものだな」

「ひゅーはきてもいい。ありしゅたも。さいらしゅはいらない」

イースターの王子は来なくてよろしい。

「リアもなかなか厳しいな。今回は同時に、スタンもファーランド方面に行く。こうなってくると、フェリシアとクリスがリスバーンに預けられることになったのは本当によかった。うちで預かっていたら、大人が一人もいないということになっていたからな。少なくともあそこにはジュリアがいる。それに屋敷に人も多い」

「あい」

「リアが賢明だったな。さすが私のかわいいリアだ」

かわいいことと賢明なことと、お父様のリアであることは全く関係がないと思う。しかし、お父様が嬉しそうに私を抱っこするものだから、どうでもいいような気もした。

「今回はモールゼイも王都から竜車で一日ほどの町に視察に出かける予定だ。ハロルドはほとんど王都から出たことがないから心配だが、さすがにマークは代理として行かせるにはまだ頼りないからな」

ほとんど他人に興味がないお父様が、ハロルドおじさまのことを心配だと言った。それに、スタンおじさまがいない時のフェリシアとクリスのことも気にかけている。

私が生まれて二年と少し、お父様は確かに変わったと思う。私が手を伸ばすとお父様が顔を近づけたので、頭をそっとなでてみた。

「おとうしゃま、いいこ」

「おお、リアがなでてくれるのか。父様は大人だが、不思議なことに、いい子と言われても嫌な気はしないな」

こうしてお父様は忙しそうに旅立っていった。

第二章

襲撃

そこから、お父様のいない一人での城通いが始まった。ナタリーと二人で楽しくおしゃべりしながら、竜車の座席を広く使えるのは楽しかったが、一抹の寂しさは拭えない。

そしてそれはニコも同じだった。

「おじうえもリスバーンといっしょに、きたのちにたびだってしまった。おうとのじょうきょうがおちつかぬゆえ、こたびははやくかえるといっていたが、つまらぬな」

「きょうはまーくもくりしゅもいましぇん」

いつもはクリスがいるのに、この日はお休みで、久しぶりに二人きりで勉強する日なのである。楽しくないことはないが、クリスがいたらもっと楽しいのだ。二人でぶつぶつ言いながら図書室でオッズ先生を待っていたら、珍しくライナスがやって来た。

「オッズは今日は遅刻です。珍しいことに。来ないという連絡はないので、いずれ来るとは思うのですが」

「ほんとか！」

ニコの声にほんの少し喜びが混じってしまったのは仕方ないだろう。お休みだというと生徒に嬉しく思われてしまうのは、先生の宿命である。しかしライナスは遅刻の連絡のためだけに来たわけではなかったようだ。少し困った顔をして私のほうに腰をかがめた。

「リーリア様、どういたしますか。閣下もいらっしゃらないことですし、オッズがいつ来るのかわからないのであれば、今日はもうお帰りになってもよいとは思いますが」

「だめだ」

ニコがすかさず止めた。

「リアまでかえってしまったら、だれとあそんだらいい」

「リーリア様はお勉強相手ですよ、いちおう」

ライナスはニコにもはっきりものを言うのだなと少し驚いた私である。だが私にちょっと失礼ではないか？　それでも私は親切に答えてあげた。

「きょうはにこと、しじゅかにあしょびましゅ」

「それがよい」

ライナスは顎に手を当てて私とニコを代わる代わる見た。

「まあ、たまにはそういう日があってもいいでしょう」

「よし！　そとにいくぞ！」

「おー！」

私たちはライナスの横をさっとすり抜けて外に飛び出した。

「ちっとも静かではないではありませんか」

ライナスのあきれた声を背に聞きながら。

だが、私たちは階段を駆け下りたところで、外に出る前に立ち止まった。なんだかいつもと違う感じがした。

「なんだ。そとがさわがしいぞ」

「まどから。まどからみてみましゅ」

「よし」

私たちは、そのまま外に続く大きな窓のところからそっと外をのぞいてみた。私はちょうどあった椅子の上によじ登らねばならなかったが。

「らぐりゅうがいっぱい」

外には、まるでおじいさまのところにあった牧場のようにたくさん竜がいた。

「まて、リア。りゅうだけではない」

いつも遊んでいる広い庭には、誰も乗せていない竜がたくさんいた。しかし、それだけではなかった。正確には、竜に乗った兵士がたくさんいた。いつもと何かが違うのはわかるのだが、私とニコはどうしていいかわからず、窓から外をのぞいたままその場に固まってしまった。

「へいがいる」

「殿下、お静かに」

ハンスが私たちを窓から見えないところに隠し、外を観察している。

「キングダム軍の兵じゃねえ。いったい何が起きている」

その時、ラグ竜の群れが走る音が、私たちがいつも竜車でやってくる方向から近づいてきた。

「止まれ！　ここのはずだ！」

「だいしゃんおうじのこえ！」

姿は見えないが、イースターの第三王子の声だ。

「第三王子？　イースターか！」

「あいつか！」

ハンスとニコが私の声に反応した。ハンスには第三王子の姿は確認できなかったようだが、私の言葉を信用してくれた。

「しじゅかに！」

今度は私がハンスとニコを黙らせた。だが、すぐ反応できた二人はましなほうだ。ニコの護衛は、とっさのことに反応できなくて、ただ焦りを顔に浮かべている。

「ここは王家の跡継ぎが住まう城の奥、王子宮だぞ。まさか他国の兵が来るなどと」

「だが現にここにいる」

ハンスにぴしゃりとやられている。

私は、小さい頭で一生懸命考えた。いや、考えなくてもわかる。

「ねりゃいは、にこ」

「わたしか！　リアではなく？」

ニコが驚いたように私を振り返った。確かにイースターの第三王子は私に執着しているふうを見せるが、わざわざ城まで来たとなると別だ。私は四侯の瞳を持つが、跡継ぎでもなんでもないただの幼児なのだから。

「りあはかわいいだけ。だいじはにこでしゅ」

普段なら、かわいいと言った私にハンスの鋭い突っ込みが入るはずだが、今はそれどころではない。

ハンスの指示は、ニコの護衛たちに飛んだ。

「何があったか、なんの目的かわからねえが、ニコ殿下とリア様を確保されるとまずい。城の中へ！」

「な、中と言ってもどこへ！」

「ちっ。俺は元護衛隊でも特殊部隊だから、城の中はそんなに詳しくねえんだよ。こういう時、避難する場所が決まっているだろう！」

「そんなものは」

「ないのかよ！」

私相手でなくても、ハンスの突っ込みは冴えわたるようだ。

私は頭の中に、隠れられそうなところを思い浮かべた。

「きのうえに、おんしちゅ」

「そりゃありア様たちの秘密基地じゃねえか」

ハンスの突っ込みは健在である。

「いや、それだ！　そこしかねえ。行くぞ！」

ハンスはうむを言わせず私を抱えると、城の中に通じているドアの取っ手に手をかけた。

「にこ！」

そして私の声で初めて、ナタリー以外誰も付いてきていないことに気がつくとハンスは盛大に舌打ちした。

「お前！　ニコ殿下を抱えてついてこい！」

護衛の一人に指示を出すと、護衛は慌ててニコを抱き上げだ。

「お前とお前は上と城の内部に伝令！　残りは俺たちが中に入った後、家具を持ってきてここを封鎖だ！」

そう指示を出すと、ドアから城の中へ向かった。

「まだ内部にまでは兵は来ていないようだな。やはりニコ殿下を確保に来たか」

本来は私を守るため両手を開けておくはずのハンスが私を抱え上げながら、速足で歩いている。なぜか大きめのぬいぐるみを抱えているナタリーが小走りになるほど速い。いくつか角を曲がって、長い通路に出た。

「こっち側にまっすぐ行けば南の温室なんだが、まっすぐすぎるんだよな。ここで見つかったら手に負えねえ。まずい！」

敵か味方かわからないが、通路の別の曲がり角のほうから複数の人の足音がした。ハンスはとっさに近くのドアを開けて、私たちを中に入れるとそっとドアを閉めた。閉めたドアの向こうを人の走っていく音がする。

「あいつらがちゃんと動いていれば今王子宮のドアは閉鎖されているはずだ。今走っていった奴らが敵か味方かわからねえが、すぐに同じ道を戻ってくる可能性がある」

ここまで突っ走ってきたハンスは、この後どうするかと判断に迷う様子を見せた。

「このまま、けっかいのまへ」

ニコが護衛に抱かれながら静かに指示を出した。私も、ここの通路は記憶にある。マークと来た時、ここから複雑に入り組んだ道を通って、結界の間にたどり着いたはずだ。

「しかしニコ殿下。結界の間は行き止まり。逃げることのできない部屋です」

「みちをしらぬものがよういにたどりつくことはむずかしいばしょだ。それにほら」

ドアの向こうにまた別の足音が走り抜けていった。

「ちっ。今出るのはまずいか。となると、ここにこのままいるのは得策じゃねえ。殿下の言う通りもっと中に行くしかねえか」

「では私はここで」

ナタリーがハンスと私に向かって頭を下げた。

「なたりー？」

「私はメイドです。たとえイースターの兵に見つかっても、混乱して怯えていれば見逃してくれるはずです」

「すまないな、ナタリー」

「いえ。ハンス、それではお先に」

ナタリーは、ナタリーにしては精一杯の笑顔で私に微笑みかけると、ちょうど足音が曲がり角に消えたと思われるタイミングでドアを開けて外に出た。南の温室のほうに、ひそやかな足音が走っていくのがかすかに聞こえた。

「よし、ではこっちだ」

複雑なはずの道を、ハンスが次々にたどっていく。しかし、いくつめかのドアの前で立ち止まった。

「さすがに一回では覚えきれねえ」

というか、前回は道を知っているように振る舞っていたが、実は初めてだったのか。あの複雑な道をよく覚えていたものだ。

「よい、ハンス。ここではない。このみぎてのドアをあけよ」

「ニコ殿下、あんた……」

仮にも王子に向かって、あんたはさすがに駄目でしょうと思う。しかし私は邪魔にならないよう、その突っ込みは心の中にとどめた。

「このあいだきたときにおぼえた。すすむがよい」

どれだけ賢いのか、この王子様は。

ハンスはニコを信じて、指示通り次々と城の中に進んでいく。やがて、扉の前に二人の兵がいるところに出た。

「ニコラス殿下！　お前、なぜここにお連れした！」

ハンスに非難の目を向けた扉の護衛は、今回はちゃんとした人のようだ。

「緊急事態だ。おそらく、イースターの軍勢が城の中に侵入している。外のラグ竜の数は多かったが、兵の数は不明。王子宮まで侵入してきたので、城の奥へと逃げてきたところだ」

「イースターだと？」

扉の護衛は事情を聞こうとしたが、ぐっとこれをこらえた。そんな場合ではないと理解したのだろう。珍しくできる護衛のようだ。

「しかしこの先は結界の間しかないぞ」

「よい。そこにはいる」

ニコは護衛に合図をして、床に下りた。私もハンスの肩をポンポンと叩いて、床に降ろしてもらった。走りながら抱かれたままでいるのも、案外つらいものだ。

「ではハンス。あとをたのむ」

ニコの言葉にハンスは頷くと頭を下げ、私のほうを見た。わかっている。私もしっかりと頷いた。

「承知しております。ニコ殿下、リア様、俺は戻ります」

「待て！　ハンス！　俺たちは護衛だろう！　なぜお二人と分かれるんだ！」

ニコの護衛の声に対して、ハンスの盛大な舌打ちが廊下に響いた。今日何回聞いたことだろう。

「俺たちがいたら、殿下とリア様がここにいるって言ってるようなもんなんだよ！」

「し、しかし」

ニコの護衛はそう言われても、ニコから離れるわけにはいかないと思っているのだろう。

「殿下にしろ、リア様にしろ、イースターはおそらくは確保することが目的だ。今すぐの命の危険はねえ。だとすれば、キングダム軍が反撃するまで、いかにお二人を隠しておくか、それが大事なんだよ！」

「だが」

「しかしもだがもねえ。俺たち二人がそばにいても、お二人が捕まる時間がわずかに伸びるだけ。それならば、俺たちはむしろ囮か道化になるべきだ」

ハンスは正しい。

ニコの価値はものすごく高い。王家の直系の跡継ぎということもあるが、もしキングダムがなくなったとしても、その魔力の多さは将来いかようにでも利用できる。だから殺されはしない。

私はどうか。瞳の色にしか価値のなかった一歳の頃にさらわれた時は、「キングダムからいなくなるか、最悪死んでもいい」という程度だったと思う。しかし、今はおそらく、私にも十分な魔力があることは知られている。

それは、「できれば確保しておきたい」程度には私の価値を上げているはずだ。

そして入り組んでいるとはいえ、すべての扉を開けてたどればいずれここにはたどり着く。私たちが確保されるのはおそらく確実で、単に時間の問題なのだ。

そしてその時、たった二人の護衛になんの意味があるというのか。

「お前たちもここにいないほうがいいんだが」

「我らはこれが役目だ。ここから離れていいという命令がない限り、離れるわけにはいかない」

例えばニコが、ここを離れてよいと言ったとしても、ニコはしょせんなんの権力もない小さな子どもだ。いないほうがいいとハンスに言われてもニコに言われても、ドアの前を離れるわけにはいかないのだ。

「だったら、俺たちと同じ、道化になれ」

「道化、だと？」

扉の前の兵たちは何を言っているのかわからないという顔をした。

「お前たちは殿下もリア様も見なかった。城が騒がしい気がするが、立場上ここを離れるわけにはいかないから、何が起こっているかわからない。イースターの兵が来たとしても、何も知らないふりをして、不審者として誰何する」

「ううむ。既に知ってしまったからには、やはり来たかという顔をしてしまいそうだ」

「努力しろ。できないのならむしろここからいなくなってしまえ」

　ハンスの厳しい言葉が続いた。

「努力する」

「そうしてくれ。では殿下、リア様」

「うむ。きをつけるのだぞ」

「はい」

「はんす」

　ハンスは一瞬私を抱き上げるかのように手を伸ばし、引っ込めた。私はしっかりと頷いてみせた。

「いのち、だいじに」

「仰せの通りに」

　走り去るハンスたちを見送らず、私とニコはあけてもらった結界の間に入った。ニコは兵を見上げると、一言、

「おまえたちも、いのちをだいじにな」

と言った。本当は、私も抵抗せずにドアの前を明け渡していいのだと言いたかった。しかし、そん

な権利は私にはないし、どう言ったらいいのかもわからなかった。

だからニコの一言は、私の言いたかったことでもある。

「はい。ニコラス殿下、リーリア様、お気をつけて」

そして静かにドアは閉められた。

結界の間はいつか来た時と変わらず、真ん中には結界の魔石が五つはめられた大きな台座がぽつんと置かれ、静まり返っていた。

これからどうしたらいいのだろう。状況はなんとなく理解したつもりだったが、ハンスの邪魔をしないようにするので精一杯で、ここまで深く考えないようにしてきた。だが、お父様も遠くウェスター方面に行ってしまっている今、いったい誰が助けに来てくれるというのだろう。

急に心細さが襲ってきた。

「リア」

体のわきできゅっと握りしめていた手に、ニコの温かい手が重なった。

「なんだ、リア。てをぎゅっとしていては、てがつなげぬではないか。ほら」

「あい」

ふうっと力を抜いた私の手をニコがつなぎ直した。この狭い部屋の中でどこに行くわけでもないというのに。

「せっかくけっかいのまにきたのだ。ませきをみてこようではないか」

「にこ……」

こんな時にそんなことを言っている場合だろうか。頭半分大きいニコをちょっと非難を込めて見上げると、ニコの落ち着いた目と目が合った。

「リア、ここでどうすごすか、なにをつかえるか、まずちゃんとしらべよう」

そうだ、そもそもここに向かったのは、場所がわかりにくいからという理由だけではない。

「ひみちゅきち、ありゅ」

私のつぶやきにニコが力強く頷いた。

「そうだ。ここはさいしょのいちどのほかはちょくせつきてはいない。しかし、ごえいにたのんで、いろいろもってきてあったはずだ」

「あい！」

「それもたしかめねばならぬ」

「あい」

しかし、それなら控室を先に調べるべきだと思うのだが、ニコは私の手を引いてまっすぐに台座に向かった。

「どうちて？」

「オールバンスも、リスバーンもとおくへいったといっていなかったか」

「あい。おとうしゃま、うぇしゅたーのほうへいきまちた。あ」

ということは、四侯のうちの二つはしばらく魔石に魔力をいれていないことになる。

「もちろん、まにあわなければ、へいかやちちうえ、そしておじうえもいるからだいじょうぶだ。しかしな」

「みんな、ちゅかまってちまったら……」

「ませきはからにならないだろうか」

私たちは立ち止まると、急いで台座のところの椅子によじ登った。

「うすいな……」

「あわいぴんく。もうしゅぐなくなりゅ」

だからと言って何かするわけにもいかない。

「よし。かくにんはした。つぎはひかえのへやだ」

「あい」

どうやらまだ追手は来ないらしい。廊下の気配をうかがいながら、ニコが少し手を伸ばしてドアを開けた。手入れがよいらしく、ドアの開閉の音はしない。念のため、そっとドアを閉めた。

「ベッドがふたつ。ドアはふたつ。ひとつはてあらい。もうひとつは」

ニコはもう一つのドアの取っ手に手をかけた。

「あかないな。あかないものはしかたない」

もしかして秘密の逃げ道だったらよかったのに。

手洗いのほうを開けると、お茶を飲めるようにカップなども用意してある。要はホテルのようなものだ。

「ひみちゅきちは、べっどのちた」

「ちゃんとおいてくれただろうか」

私たちは、絨毯の敷かれた床にうつぶせになると、ベッドのカバーをめくってみた。

「あった！」

「ふくろ！」

ニコが急いで潜り込むと、大きな袋を引っ張り出してきた。と思ったら、もう一度潜り込んでもう一つ袋を持ってきた。

「けっこうおもいな。なにがはいっている？」

「だちてみよう」

一つの袋には毛布、ランプ、簡易の調理セットなど、城の中では使いもしないようなキャンプのセットがそのまま入っていた。

「いわれるままにおいていったのだろうなあ」

「もうひとちゅは？」

「うむ」

もう一つの袋は、今の私たちに必要な物だった。

「ぱん、おやちゅ、ほちにく、ほちたくだもの」

「けっこうなりょうがあるぞ」

四侯の子どもたちとニコが丸一日過ごせるくらい、つまり七人分の一日の食料が詰まっているはずだ。最初の足りない分をちゃんと補充し入れ替えてくれていたのだ。それは重いわけだ。

「ふたりなら、だいじにたべりぇばみっか」

「しかし、そんなにかくれていることはできないだろうな」

現実的な幼児二人であったが、ほんの少し明るい気持ちを取り戻していた。

硬いパンはともかく、干した果物はおいしそうだ。

「こりぇ、ちょっとあじみは？」

「なにをいう。まだあさのごはんをたべたばかりではないか」

「でしゅよね」

わかってた。わかってたけど、小さい果物一つくらいなら食べてもいいかなと思ったのだ。

「リアはほんとうにくいしんぼだな」

「ごはんもおやちゅも、たいしぇちゅ」

「いまはしょくじのじかんではないぞ」

「くだものは、おやちゅだもん」

そんなことを言い合っていると、いつもと何も変わりがないかのようだ。小さなテーブルと椅子もちゃんとあったが、私たちはベッドに寄りかかって床に足を投げ出しながらおしゃべりしていた。

「ほんとうにイースターだとおもうか」

唐突にニコが口を開いた。

「あい」

私はしっかりと頷いた。

「だいしゃんおうじのこえ。しょれに、はんす」

ハンスが逃げようとしたのなら、それは正しいということになる。

「リアはしらぬとおもうが、しろにはたくさんへいがいる。いったいどうやっておくまでやってきたのか」

庭にはたくさんのラグ竜がいた。落ち着いて竜と向き合えば、竜がどうしたのか話を聞けたかもしれない。しかし、離れていたし、そんな余裕はなかった。

「れみんとん、りゅうのむれと、いーしゅたーににげまちた」

「レミントンがいなくなったときのことか。たしかに、たくさんのりゅうでみうしなったときいたな。それとおなじか！」

「たぶん」

どこから連れてきたかわからないが、おそらく城に向けてたくさんのラグ竜を放ち、それに紛れて一気に城内に入ってきたのだと思う。城の兵も、駆け抜けるラグ竜を止める間どころか、何が起こったのかすらわからなかったのではないか。

もしかすると、攻めて来た人数でさえ、城の兵よりずっと少ないのかもしれない。

ニコがポツリと口に出した。

「なんのために」

「わかりましぇん」

なんのためにキングダムに攻めてきたのか、さっぱり見当もつかない。だいたい、キングダムを支配して、イースターになんのメリットがあるのか。

しかし、やろうとしていることはわかる。彼らは一気に城の中に攻め入ってきた。つまり、目的は王族。

「にことおうしゃまとおうじしゃま。もちかちて、まーくも」

「おうけとよんこう」

「あい」

既に一つ、四侯のレミントンが減らされた。つまり、目的はキングダムの弱体化といえる。しかし、一つ減らしたくらいでは今のキングダムは揺らがない。しかも、キングダムから削り取ったはずのレミントンの次代のフェリシアはイースターから抜け出し、キングダムに戻ってきた。さらにあと一年と少しで成人し、四侯としての一翼を担うかもしれない。

つまり、レミントンを獲得した意味が弱くなってしまったのだ。

そのため次の一手を打った。

「われらをがいすれば、けっかいがうごかなくなる。つまり、キングダムのたみがこまってしまうのだが」

「そちたら、きんぐだむのひと、いーしゅたー、きりゃいになりゅ」

「うむ。もしキングダムをじぶんのものにしたいなら、きらわれてはならぬとおもうのだが」

子どもでもわかる。もしキングダムを自分の手に納めたいと思うのなら、キングダムの民に嫌われては駄目だ。むしろ、好かれるようにしないと。

例えば、キングダムの危機を救うとか。そうでなければ、現キングダムの王家に反発するように仕向けるか。

しかし、結界がある限り、キングダムの危機などない。

「もち、けっかいがなくなったら？」

「ありえぬ。ちちうえたちがかかさずまりょくを、あ」

ニコは王様たちが必ずしも無事とは言えないということに気づいたようだ。私たちはなんとか逃げ出したが、もし、王様やランバートおじさまが既に捕まっていたとしたら？

「ちちうえやおじうえ、それにおじいさまはだいじょうぶだろうか」

「だいじょうぶ。ちゅかまっても、ちゅかまるだけ」

「ははうえは」

「もっと、だいじょうぶ」

私は力強く保証した。普通の男の人なら、奥さんに危害を加えられたら、絶対に言いなりになどならないだろう。ランおじさまは王族だから、奥さんより民のことを考えなくてはならないかもしれないけれど、長期的に見て、ニコのお母さまを害する理由がない。

「むじゅかちい。あたま、ぱーんてなりゅ」

「なんだと」

「なんでにこ、はなれりゅの」

ほんとにパーンとなるわけないでしょ、まったく。

「ついここににげてきたが、おとなしくつかまったほうがよかっただろうか」

捕まったら人質にされて、ランおじさまやお父様を脅迫する材料に使われていたような気がするから、とりあえずは逃げてよかったと思う。

もっとも、ここにいてもすぐに捕まるような気はするが。

「どうせ、いちゅかはちゅかまりましゅ」

「リア、あきらめがはやくないか」

ニコはあきれたように言うが、だって、こんな行き止まりの場所にいてもすぐに見つかってしまうだろう。

「できりゅだけ、ちゅかまらない」

「せっかくにげてきたのだからな。でも、ねばってどうするのだ？」

「あいちゅ、だいしゃんおうじ、こまりぇばいい」

「こまればいいって、リア」

ニコは私の顔を見て、ちょっと引いたような顔をした。なんだ。

「わるいかおをしているぞ」

「しちゅれいでしゅよ」

私たちが見つからなければ、お父様やランおじさまを脅す理由がなくなる。少しでも長く見つからずにいて、できるだけ困らせればいい。

「そうとなったら、まじゅ、ごはん」

「そういうとおもった」

ニコは今度は私を止めるどころか、率先してベッドの下から袋を出してきた。私は洗面所に行って、カップに水を入れて戻ってくる。水もトイレもちゃんとあるところが助かる。

「ねんのために、しゅくなめにたべよう」

私の提案に、ニコは驚いた顔をした。

「すくなめ？　リア、だいじょうぶか」

ニコが心配そうに私のおでこにおでこをくっつけてきた。

「おでこにごちんて、ちなくていいでしゅ」

なんで熱があると思うのだ。

硬いパンはかえってよかったかもしれない。時間のかかる食事は、少なめでも満足感があった。だが、満腹で静かなところにいたら、お昼寝の時間でもないのに眠くなってきた。

「リア、あたまがゆれているぞ」

「ねむくないもん」

幼児が眠くないと言うときはたいてい眠い。だいたい、自分でも眠くなってきたなと思っていたところなのに、なぜか口が勝手に眠くないという。不思議なことだ。しかし、ここで普通にベッドに潜って寝ていたらすぐに見つかってしまうし、それが間抜けだということくらいはわかる。

「べっどのちた」

そこに行こう。ベッドはカバーで覆われていて、ちょうどよい隠れ家になる。

「ベッドのした？」

「しょこで、あしょぶ」

私は独り言のようにもごもご言うと、ベッドの下に潜り込んだ。

「べっどのしたのもようを、みてりゅところ」

「そんなわけないだろう」

そのニコの言葉が記憶の最後である。さわやかに目覚めた時は、やっぱりベッドの下にいて、隣にはニコがいた。

ニコのほうに寝返りを打つと、うつぶせのニコの向こうに袋が二つ置いてあった。いくら自分たちが隠れていても、荷物を散らかしていたら誰かいるとすぐにばれてしまう。ニコが一人で荷物をベッドの下に運び込んでくれていたのだ。

私はお礼を言おうとした。

「にこ」

「しっ」

でも、ニコにしゃべるなと合図された。普段はそんなぶしつけな人ではないのに。

「まだひとのけはいがする」

「え」

一気に目が覚めた私は耳を澄ませた。確かに、扉の向こうに人の歩く音や声がする。

王家と四侯しか入れない結界の間は、たとえ四侯全員がそろったとしてもあんなにざわついたりしない。つまり。

「いーしゅたーが、きた」

「しっ」

そして私は、それに気がつきもせずに、一人ですやすや昼寝していたというわけである。ごめん、ニコ。心の中で謝った。

やがて私たちのいる控えの部屋のドアが開くと、がやがやと人が入ってくる音が聞こえた。緊張が高まる。来た人たちの話し声に耳をすませれば、既に一度この部屋に入っていろいろ調べていたことがわかる。私はますますニコに申し訳ない気持ちになった。

「こっち側の扉は、蹴っても剣で傷つけても開かないんだ。とりあえず隣の部屋の椅子を持ってきた」

「よし、では、取っ手のところに打ち付けるぞ。そーれ！」

ドガン、ガンという音が狭い部屋に響く。慣れない大きな音に身が縮みそうになるのを必死でこらえた。

「よし、開いたぞ！」

「行くぞ！」

部屋にいた人たちは、開いた扉から全員どこかに行ったようだ。

私たちがマークに連れられて結界の間に来たとき、この控えの部屋も一緒に見学した。だからこそここを秘密基地にしようと考えることもできたのだが、その時もこのドアは開けられなかった。

「にこ」

「どうやらひとはいなくなったようだな」

「あい」

返事をしてから耳を澄ませても、遠くで人の足音がするだけだ。それでも私たちはできるだけ小さい声でしゃべっていた。

「りあ、ねてた」

「ああ、あいかわらずおしてもつついてもおきなかったぞ」

相変わらずと言うのが気になったが、たとえ子ども同士といえども、そもそも寝ている子どもを押したりつついたりしては駄目だろう。

「リアがねたあと、わたしはベッドのしたからでて、ふつうにへやをうろうろしていた。そうだ、こんどひみつきちには、えほんやおえかきのどうぐをいれるべきだな。どうせリアはねてしまうのだから、ひとりではつまらぬ」

「しょれ！　だいじ！」

どうせ寝てしまうのだからという一言には反論したかったが、とりあえずとてもいい考えなので賛成の意を表しておく。それにしても、修学旅行でトランプを忘れてしまったようなものではないか。私はそれを思いつかなかったことを悔やんだ。

「うろうろするのにもあきて、ひとりでじゅうたんのうえをころがっていたら、けっかいのまのドアがあいたけはいがしたので、いそいでベッドのしたにもぐりリアのとなりにかくれた」

「こわい。にこ、がんばりまちた」

「ここがどきどきしたな」

「しょこはおなかでしゅ」

どうやら私が寝ている間にハラハラドキドキの展開があったようだ。

「すぐにこのひかえのへやのドアもあけられた。ベッドのしたをのぞかれたらおわりだった」

「のじょかれた?」

いちおう確認してみた。

「いや、すぐにてあらいのドアがあけられ、つぎにあの、あかないドアをあけようとした」

「あかなかったでしゅ」

どうやらそのあたりで私の目が覚めたらしい。そして、兵たちは開かないドアのほうに注意が向いて、この部屋を精査するのを怠ったようだ。助かった。

「しょの、あかないどあのむこう、なにがありゅ?」

「わたしもしらぬのだ」

ニコも知らないのならこれ以上聞いても仕方がない。ところでおやつの時間だと思うのだが、さすがに私もこの状況でそれを言い出すのははばかられた。

「しっ」

まだ何も言っていないのに静かにしろとはどういうことだ。しかし、文句を言う間もなく、数人の足音がとなりの結界の間から聞こえてきた。その足音は部屋の真ん中で止まった。

「ここが結界の間か」

控えの間のドアも、開かなかったドアも開け放たれていて、隣の部屋の物音はよく聞こえる。

私は体がぎゅっと固まった。第三王子だ。

「なるほど、見たこともない大きな魔石。真ん中が王家、そしてそれを取り囲む四侯。まさにキングダムを象徴しているというわけか。くだらぬ」

私とニコは目を見合わせ、お互いが状況を理解したことを確認した。

「これが普通の魔道具の魔石のように、淡いピンクになると力を発揮できなくなるとレミントンは言っていたが、既に二つほどは淡いピンクではないか。奴らを王都から遠ざけたかいがあったというものだな」

「はっ。まことに」

「キングダムも、夜に虚族のいる恐怖を味わうがいい」

私の知っている第三王子らしく、感情を込めずに淡々と語られる内容は、大変不穏なものだった。

だが、なぜキングダムに結界を張らせたくないのか。キングダムの民が、虚族の恐怖を味わったとして、それがイースターにとってなんの意味があるのか。やはり理解できないことばかりだ。

その時、先ほど無理やり開けられたドアのほうから兵の走る音が近づいてきた。

「何もなかった」

「ああ、無駄足を踏んだな」

そんな話し声と共に。

その足音は私たちのところを通り過ぎて止まった。

「で、殿下」

「よい。どうだった」

「は、それが」

おそらく今戻って来た兵はお互いに目を見合わせたことだろう。そんな間があった。

「この結界の間に来るまでのように、いくつかのドアを抜けると、そこにあったのはただの中庭でした」

「中庭、だと。では、途中のドアは」

「たまにこのような客室のようなものもありましたが、たいていはただ次の通路につながるドアに過ぎませんでした」

「すべて確かめたのか」

またお互いに確認しあうような間があった。

「はい。ドアは全部開けてみましたが、客室にもう一つドアがあったとしても、ここのように通路につながっているか手洗いかどちらかでした」

「ふむ。ではなんのためのドアか。まさか中庭で休むためのものでもあるまい」

第三王子は少し何かを考えると、矢継ぎ早に指示を出し始めた。

「人数を増やしてもう一度すべてのドアを確認しなおせ。それから結界の間の入口に二人兵を配置せよ。報告は王子宮に」

「はっ。ということはまだ？」

「どこに隠したものか、こざかしい子ネズミたちよ。お付きのメイドは捕まえたが知らぬの一点張り。オールバンスの護衛がどこかに隠したものとは思うが」

ナタリーは捕まったようだ。私は目をギュッとつぶった。ナタリー。少なくとも私たちが捕まるまでは生かされているはず。ドアの護衛もナタリーも、私たちのことはなんとかごまかせたようだ。

そしてハンス。まだ捕まらないでいるとは、さすがである。

「まあいい。王族は確保した」

ニコが思わず大きく動いたので私はニコの服をギュッとつかんだ。今出てもなんの意味もない。

「どうせ腹がすけば出てくる」

失礼な。だから食料はちゃんと用意してあるのではないか。

「では、行け」

「はっ」

あちこちに兵が散る気配がし、たくさんの足音が開かなかったドアの向こうに消え、また戻り、やがて静寂が訪れた。

長かった。密かに右左にごろごろしていたが、薄暗いうえに寝転がってばかりで体がみしみしするような気がする。それにトイレにも行きたいし。

「にこ」

「ああ。わたしがまずようすをみてくる」

ニコはベッドの下からそっと頭を出すと、左右を見、するりと抜け出した。私もハイハイしながらベッドから顔を出す。ハイハイは今でも得意である。

もう夕方だが、控えの部屋はもともと窓のない部屋だ。昼でも明かりがついているし、どうやら夜もつけっぱなしのようだ。マークと来た時も結界の間は明かりが最初からついていたし、一日中明かりがついているものなのだろう。

開かなかったドアは傷ついていたが、ちゃんと閉まっていた。私たちはこそこそとトイレを使い、すぐ隠れられるようにベッドのそばでもそもそと夕食を食べた。食べ終わって袋をもとの位置に戻すと、ニコは静かに話し始めた。

「おうぞくをかくほした、といっていたな」

「ちゅまり、らんおじしゃまたち、ちゅかまった」

「かくほ、とは、やはりそういうことなのだな」

「あい」

私は頷いた。ただ、確保したとは言ったが、それ以上何かしたとは言っていない。

「きっと、ましぇきからはなしゅため、ちゅかまえた」

「ませきにまりょくをいれないように、か」

「あい。たぶん」

私たちが魔石を見た時も淡いピンクだった。そして、第三王子もそう言っていた。つまり、ないとは思うが、もしかすると、今日中にキングダムの結界が切れる可能性もなきにしもあらずということなのだ。そんなことをさせるわけにはいかない。

幸い、ここには私がいる。魔力量は心もとないが、魔力の操作は兄さまよりすごいかもしれないこの私がだ。

「りあ、やりゅ」

「なにをだ」

「ましぇき、まりょくいりぇりゅ」

ニコは私を見て何か言いかけたが、止めなかった。それが答えだ。

私たちは魔石の間に通じるドアをそっと開けた。おそらくだが、皆まだ起きている時間だ。

「ひるより、うしゅいぴんく」

「ほんとうだな。だが、リア」

「あい？」

私たちは小さい小さい声で話している。

「わたしのほうがリアよりまりょくがおおい。わたしがやる」

私は首を横に振った。

「にこ、まりょくがおおしゅぎて、しゅぐむらしゃきになりゅ。りあのほうがいい」

「しかしな」

わかっている。ニコも何かやりたいのだろう。

「なら、ほかの。こいましぇきに、たしゅといい」

濃い魔石が更に濃くなったとしても誰も気づかないだろう。

「やる！」

ニコが目を輝かせた。しかしまず私からだ。残されていた椅子によじ登り、なんとか魔石に手を触れる。

「ほんのしゅこち。いちにちぶん」

一日分がどのくらいかわからないが、ピンクがほんの少し濃くなったらやめよう。私はピンクの魔石に自分の手をそっとかぶせた。

私がいっぱいにしたことのある魔石は、アリスターの持っている結界箱の魔石が最大である。いくら細かい魔力の調節ができるからといっても、本当にできるだろうか。実は自信はない。

でも、できるかどうかなどと言っていられない。私は魔力を込め始めた。

ほんの少しと誰が言ったのか。

私だ。

しかし、携帯用の結界箱をいっぱいにするくらいの魔力など、魔石の色の濃さをほんの少しも変えはしなかった。その二倍、いや、三倍だろうか。そこでやっと色が変わったような気がして、そっと手を離した。少し汗をかいている。

「リア、だいじょうぶか」

「だいじょぶでしゅ」

つい反射的に言ってしまったが、大丈夫ではない。しかも、色の薄い魔石は二つある。遠くに行かされているお父様とスタンおじさまの分だ。

「もうひとちゅ、いきましゅ」

ニコは何かを言いかけ、我慢した。駄目だと言いたかったのだろうが、駄目でもやらなければいけないこともある。

もう一つはコツをつかんだせいか、思ったよりは簡単にできた。しかし、だいぶ疲れてしまった。

「つぎはわたしのばんだ」

ニコは椅子に乗ると、魔石を見て残りの二つの四侯の濃い魔石に魔力を足し始めた。床に座り込んで眺めていたが、苦もなくやっているように見えた。なんとなく悔しいような気がする。

「よし、もどるぞ」

「あい」

一応椅子によじ登って確認してみたが、気をつければ色が変わったのがわかるかもしれないくらいで、たいていの人にはわからないだろうという感じだった。

私たちは控えの間に戻るとドアをそっと閉めた。ドアの立て付けがよくて本当によかった。

「これでいちにちはもつかもしれぬ」

「きょぞく、こわいもん」

「うむ」

私はウェスターでしょっちゅう虚族を見たし、ニコは煉獄島で虚族を一度見ている。うっかり虚族に手を伸ばそうとして叱られたのを忘れはしないだろう。そして人の姿をした虚族が魔石に変わるのも。

私たちはほっとしてベッドにもたれかかった。本当はベッドの上に登りたいが、ベッドが乱れていたら私たちがいるとばれてしまうのでそれは避けたかった。

「あちたのぶんのごはん、よういちてねましゅ」

「いちいちふくろからだすのはめんどうだものな。それがよい」

「いっこだけたべちゃだめ?」

「だめだ」

つまみ食いは許されなかった。ベッドの下に潜り込み、頭の上に食べ物を用意して、二人で小さな声でおしゃべりしながら、その日は休んだ。どんな小さい声でも聞かれる恐れはあるから、本当はしゃべらないほうがいいのはわかっていたが、それでも不安で、しゃべらずにはいられなかったのだ。


「なぜ結界はなくならぬのだ!」

私たちは大きな声で目が覚めた。第三王子だ。いつも冷静なあの王子が珍しく声を荒げている。というか苛立っているように聞こえた。

「夜のうちには消えるかと思ったが、消えたという報告が来ぬではないか!」

「は、思ったより魔石に魔力があったものと思われます」

そもそもいくら四侯が忙しいからといって、王家が魔石の魔力があと一日で切れる状態にしておくだろうか。私が魔力を入れなくても、きっとあと数日はもったはずだ。そういうこと、ちゃんと調べてこないからそうなるんですよ、と私は舌をべーッと出した。

そして寝転がったまま、頭の上に用意しておいた干した果物を一つ取ってかじった。

「リア、ぎょうぎがわるいぞ」

「ちってりゅ」

なんだが行儀の悪いことが突然したくなったのだ。きっと疲れてイライラしているからに違いない。

むしょうに大声で叫んだり走り回ったりしたいが、それはできないし。

ニコも黙って果物を取ると、もぐもぐと食べ始め、感想を述べた。

「ぎょうぎがどうとかじゃなく、たべにくい」

「りあもそうおもいましゅ」

そんなことをしてエネルギーを補給している間に、結界の間には誰かが呼ばれたらしい。

「無、無理です」

悲鳴のような声がする。

「やれ。やらなければこの台座ごと破壊するだけだ」

「そんな！」

私たちはうつぶせになって、真剣に話を聞き始めた。仰向けでは真剣じゃない気がするのはなぜだろう。

「なるほど、台座の下の部分の底を操作すると、魔石が交換できるようになっているわけか」

「は、はい。魔石は補充できはしますが、永遠にもつわけではないので」

どうやら結界の間の魔石を扱う技師のようだ。そんな情報を敵に流す必要はないのに。

「では、はずせ」

何を外すというのか。

その時、キーンという懐かしい気配と共に、空気が変わった。結界のないところからあるところ、または結界のあるところからないところに出入りする時に感じる気配だ。

すなわち、外されたのは魔石。消えたのは、キングダムの結界。

しかし、すべての人がそれを感じられるわけではない。第三王子の苛立った声が聞こえた。

「何が変わったというのだ」

「は、そ、その。私にもよくわからないのですが、空気が」

「もういい！　これで結界はなくなったのだな」

「はい……」

結界が思う通りにならないから、結界の魔石を強引に外す作戦に出たようだ。

「これが、けっかいのないくうき」

そういえば、ニコは結界のない状況にいたことがない。煉獄島では、そこまではっきりと結界の中と外を意識していたわけでもなかったはずだ。

「にこ、わかりゅ？」

「ああ」

「まりょくのないひと、わかりゃない。だいしゃんおうじ、わかりゃないの」

「そうなのか」

「あい」

だからあんなに苛立っているのだろう。おそらく、イースターからついてきた人の多くは、魔力なしだ。だから結界があってもなくてもわからない。ウェスターの人たちがそうだった。

「ひるはけっかいなくてもだいじょうぶ。でも、よりゅは」

「きょぞくが、でる。あれが」

ニコは、ミルス湖に行った時のことを思い出したようだ。

「あれはよくない。よくないものだ。どうしたらいい」

ニコの声に焦りが混じり、次第に大きくなった。

「にこ、しじゅかに」

私はニコを止めると、隣の部屋をうかがった。まだ人の気配がする。しかし、魔石を外し結界がなくなったことに安心したのか、すぐに結界の間から人はいなくなった。

私もニコもほっとしてふうっと息を吐きだした。

「べっどのちた、あきまちた」

「わたしもだ」

丸一日、控えの間でこそこそしていたらストレスがたまる。それに、昨日の夜私たちが頑張って魔石に魔力を注いだことは無駄だったのかもしれない。結局魔石は外されてしまったのだから。

私はまたふうっとため息をついて、はっと気がついた。

魔石。魔石ならあるではないか。

「らぐりゅう」

「ラグりゅう?」

「こりぇ、なか、こりぇ」

私は持ち歩いていたラグ竜のぬいぐるみを顔の前に持ち上げた。背中のところから手を突っ込む。

「なにをしているのだ」

「こりぇ」

ちょっと縫い目がほどけてしまったが、ラグ竜から出てきたのは、ウェスターでミルが持たせてくれた魔石だった。

「ませき……」

「こりぇ、ちゅかえない?」

「おおきさはおなじくらいにみえるが……」

ニコと私は目を見合わせて頷いた。

「やってみよう」

ただし夕方までまだ隠れていなくちゃと思うと、一日がとても長く感じる。

おそらく、気を揉んでいるのは私たちだけではない。

先ほど魔石が取り外されたとき、魔力のあるものなら、結界が消えたことはわからなくても、何か空気の質が変わったことはわかったはずだ。第三王子に連れられていた結界の技師のような人もそう

言っていたではないか。

ただし、結界がなくなった瞬間は何かに気づいても、今結界が張られているかどうか判断するのは難しい。つまりオンオフの瞬間しかぴんと来ないのだ。

お父様や兄さま、もしかしてギルならそれもわかるかもしれない。だが、お父様以外の四侯、あるいは王族でさえ、それを理解できているかどうかはわからない。

今、キングダムは虚族に対抗するすべは何もなく、丸裸のようなものだ。それに気づいている人がどれだけいるのか。いたとして、虚族にどう備えるのか。

私はぞっとした。そもそも、虚族は辺境からゆっくりとやってくるものではない。ミルス湖にも虚族がいたように、結界が張られていなければ、キングダム国内からでも湧いて出てくるだろう。特に西のウェリントン山脈、東のユーリアス山脈の側は危険だ。

それに、ウェスターでは海辺や草原の岩場にでさえ虚族はいた。

「ゆうがた、ぎりぎりでしゅ」

危険なのはその時間だ。

「なんのことだ？」

「みんな、まだしょとにでてりゅじかん」

ニコはしばらく考えていたが、こう結果を出した。

「リアはゆうがたにけっかいをうごかしたい、そういうことだな」

「あい」

私は頷いた。第三王子は、わざわざはずした魔石を誰かがもう一度つけるとは思っていないはず。虚族が出る時間から一時間でも二時間でも結界が張られていれば、助かる人もいるはずである。もし三時間だけでも、結界を張ったことを第三王子に気づかれなかったら、大抵の人々は家に帰っているはずで、家にいれば虚族からは少しでも守られると思うのだ。

もっとも、虚族はローダライトの素材を使っていない家の隙間なら通り抜けるんだっただろうか。キングダムの中にいて、そんなことを気にしなければならない状況に陥るとは思わなかった。が、そこまで気にしても仕方がないとも言える。

「ゆうがたまで、まちゅ」

「そうだな」

しかし、そうはいったものの、私たちはだいぶ疲れていた。ご飯が硬いパンと水と果物なのも飽きだが、食べ物があるだけましだ。それより、狭くて硬い床で寝ることと、誰かが来るかもしれないという緊張感が私たちを疲弊させていた。

「ちゅかれまちた」

「なにもすることがないということが、これほどつかれるとはおもわなかったな」

ニコの言う通りだ。結界の魔石に魔力を入れたから、魔力が余ってイライラすることはない。それでも、私もニコも、一日の終わりには家に帰って温かい家族に囲まれていた毎日に比べたら、心の休まる時間がない。

家族のことも心配だが、自分たちのことで精一杯であった。

それでも、おなかがすくのとお昼寝を終え、そろそろ夕方だろうと思われた時間、私たちはお互いに目を見合わせると、立ち上がった。

「ひとのけはいもない」

「いきましゅ」

すっくと立ちあがった割にはこそこそと、音がでないように結界の間に移動する。ニコは椅子によじ登ってテーブルを上から見ているが、私はテーブルの裏側を見ていた。魔石を外した時、技師らしき人はテーブルの下に何かがあると言っていたからだ。

テーブルの下を見てみると、確かに取り外せそうなところが五か所あって、そのうちの一か所は取り外されたまま放置されている。戻しておけばいいものを、魔石を外したからどうでもいいとでも思ったのか。

おかげで、取り外したところをじっくり見ることができた。しかも、テーブルの下だから私にも手が届く。

「ここのとってをうごかしゅ、と」

「お、リア。ませきのはずれたところがなにかうごいたぞ」

「あたり。しょれでは、はんたいにうごかしゅ、と」

「おお。またうごいた」

私たちはとても小さい声で話しているが、そこで話すのをやめてドアのほうをうかがった。誰かが動く気配はない。どうやら聞こえていないか、あるいは誰もいないかのどちらかのようだ。願わくは誰もいませんように。

「にこ、こりぇ」

私はラグ竜から魔石を取りだすと、ニコに手渡した。

「うむ。こう、おいて」

ニコがどうやら魔石を所定の位置に置いたらしい。そして置いただけではやはり結界は動かない。

「とってを、またはんたいに、しゅる」

カチっと何かが挟まった感触と共に、キーンと体に何かが響き、そのまま遠くへと広がっていったような気がした。

「よち！」

「リア！　いそげ！」

「あい」

こんな時でも慎重に音をたてないように椅子から下りたニコにせかされて、私は控えの間に走った。すぐに二人でベッドの下に潜り込んで、ドキドキして様子をうかがう。

「すくなくとも、ドアのまえにいるかもしれないへいにはきづかれなかったようだな」

「そうでしゅね。でも」

誰か一人でもちゃんとした部下がいて、結界がまた張られたことを第三王子に教えたとしたら。

あっという間に魔石は取り外されてしまう。しかし、少し待っても全く人の気配は現れなかった。

私たちはごそごそとベッドの下から顔を出し、疲れた顔で、向き合った。

「ごはん」

「リアはえらいな。わたしはなんだかたべたくない」

ニコはおなかをさすさすとこすってため息をついた。それはそうだろう。正直、こんな時でもお腹がすいている自分が後ろめたい。

「たくさんあったしょくりょうも、もうはんぶんになってしまったな」

「あい」

マークやギルもいることを想定していた袋の中には、私たちが食べる三日分以上の食べ物が入っていたので、半分はなくなったが、半分以上も残っているとも言える。それに私は思わず、残りを心配する必要はないと言ってしまいそうになった。

今日、気づかれなかったとしても、明日見に来れば気づく。私たちの仕業だとは思われなくても、さすがにこの間より徹底的に捜索がなされるはずだ。そうしたらきっと見つかってしまう。

「よい。リア。わかっている」

ニコが疲れた顔で、それでも私を元気づけるようににっこりと笑った。

「もう、みつかってもいいかとおもうのだ。わたしたちはじゅうぶん、イースターをこまらせたのではないか」

「あい」

たとえ私たちが捕まらないで逃げおおせたとしても、魔石が見つかってまた取り外されてしまえば、もう情勢になんの影響もないのだから。

「なあ、わたしはベッドのしたはもういやだ」

「りあもいやでしゅ」

「じゃあ、ごはんをたべたら、トイレにいって」

「ちゃんと、べっどでねましゅ」

それでいい。

食欲がないと言ったニコも、結局は楽しくご飯を食べ、それから静かにトイレに行って顔を洗い、控えの間のベッドを初めて使った。

「はあ、べっど、やわりゃかい」

「うむ。ベッドとはいいものだな」

何かおしゃべりしようと思っていた私たちだが、ベッドの気持ちよさであっという間に寝てしまった。

だから次の日目覚めた時に、知らない天井だったのにも、兵に見張られていたのにもとても驚いた。見張っていた兵は、私と目が合って気まずそうな顔をすると、すぐに部屋を出ていった。かわいい幼児を見たのだから微笑むくらいすればいいのに。

そうか、ついに捕まってしまったか。

どうやら眠ったまま運ばれたらしい。無理に起こされなかったのがまだましかと思う。ニコはどうしたのかと思ったら、声をかけられた。

「リア、おまえはほんとうにどこでもよくねるのだな」

「しちゅれいな」

ニコと一緒だったのが救いである。王族だからと別扱いにされなくてよかった。

ニコは一人先に起きていたらしく、椅子に座って優雅にお茶を飲んでいた。

「りあもおちゃ！」

「そろそろおきるだろうとおもって、よういしてもらっておいたぞ」

わたしはいそいそとベッドから起き上がると、ニコの向かいの席についてお茶のカップを受け取った。両手でそっと抱え、ちょっと気取って一口飲んでみた。もっとも、たぶん寝癖がついて髪が跳ねているし、服はよれよれだが。

「おいちい」

「うむ。さとうをしょうしょういれておいた」

何口か飲んで満足した私は、ニコに現状を確認してみた。

「にこ、ここわかりゅ？」

ニコは首を横に振った。

「わたしもぐっすりねていたようで、きがついたらこのへやにねかされていたのだ。わたしがおきたときリアはまだねていたがな」

そんな情報は特に必要ない。

「しょれで」

私がその先を聞こうとしたその時、ドアが乱暴に開けられた。

険しい顔をして立っていたのはやはり、イースターの第三王子だった。

急いでやって来たと思われる割に、口を開くまでに少し間があった。かと思えばいきなり大きな声を出したので驚いたではないか。

「お前たちは！　何を優雅に茶など飲んでいるのだ！　捕まったという自覚はないのか！」

捕まった自覚はあるけれど、それとお茶を飲むかどうかは別問題だと思う。

むしろ二歳児と四歳児が、

「つかまったじかくはある」

などと言ったらおかしいだろう。私たちは、この人は何を怒っているんだろうという顔をしながら静かにお茶を口に運んだ。

「くっ。落ち着け。間抜け面をしていても、何度も出し抜かれたことを思い出せ」

第三王子は自分に言い聞かせるようにぶつぶつ言っている。間抜け面とは私のことか。失礼な。愛らしいだけだというのに。しかも、何度も出し抜いたことなどない。たったの二回だけだ。

「かりにもレディにたいして、まぬけづらなどといってはならないぞ、サイラスどの」

こういう時に、いつも言うべきことをはっきり言ってくれるのがニコである。しかし一言言ってもいいだろうか。なぜ間抜け面を私のことだと判断したのだ。ニコのことかもしれないではないか。

「失礼した、リーリア殿」

やっぱり私のことのようだ。そこは謝るほうがずっと失礼だと思う。私はちょっと嫌な気持ちになった。しかし、きちんと会話が通じるということは、今すぐ私たちをどうこうするわけではないということで、少しだけ安心した。

もっとも、公式に声をかけられたときはもっと丁寧な口調だったはずだ。遠慮はどこに落としてきたのか。

しかし、そもそもそれをとがめる人はこの客室にはいない。たった一人いた見張りの兵は、第三王子を呼びに行ったまま戻ってきていないのだ。ここで第三王子が私たちを害そうとしても、止めるものは自分たちだけだという情けない状況ではある。

「さて、サイラスどの」

ニコがお茶のカップを置いて、第三王子のほうに体を向けた。

「やむをえないじじょうでリアとふたりですごしていたが」

この状況で、なんという皮肉！　私は感心してニコを眺めた。

「そろそろちちうえとははうえのもとにもどりたい。リアもおなじだ」

何があったとか、どうして今ここにこうしているのかとか、普通はそういうことを聞くものだろう。だが、ニコは一番大事なことをちゃんとわかっていた。これからのことだ。

「それは無理なことはわかっているだろう」

「なぜだ。わたしたちがここにいてなんのやくにたつ」

交渉役はニコがやってくれる。楽ちんである。私はテーブルの上にあった、柔らかそうなパンにそっと手を伸ばした。喉が潤ったので、食べ物も入る気がする。いきなりかじったりはしない。小さくちぎって口に運ぶのが礼儀である。もぐもぐ。

「お前たちを私たちが確保しているということそのものに意味があるのだ」

「リア、サイラスどのがなにをいっているかせつめいしてくれ」

なんのことだという顔のニコに私が説明した。

「にこ、ひとじち」

「なるほど、わかりやすい」

ついでにパンの説明もする。

「これ、おいちい」

「ではひとついただこうか」

サイラスが右手で目を覆った。そしてその手で私をピシッと指さした。

「お前も同じ立場だ」

冷静な第三王子はどこに行ったのか。私は二歳児だからなんのことだかわからないという顔をしてパンを食べ続けた。もぐもぐ。

「ほんとに腹の立つ。あの時に始末できたら面倒がなかったのに」

あの時とは、ウェスターで襲撃されたあの時だろうなあ。恐ろしいことを言う。

とりあえずパン一つ分はおなかの中に入った。そして、少なくとも王族は、ニコを人質にされているために動きが取れずにいるのだということもわかった。お父様はといえば、ウェスターの近くまで行っていたはずだから、まだ王都に戻ってきていないだろう。それなら私も、やはりすぐに手を出されたりはしないと予想する。

「魔石一つを外すなどと、生ぬるいことをしたからこうなった。どう魔石を補充したのかはわからないが、今回は五つすべての魔石を外した。そして見張りを強化した。したがって、今日の夜にはキングダムは確実に虚族に襲われることになる」

やはりそれが狙いなのか。私はちょっとため息をついた。

「しかし、やはり気になる。どう魔石を補充したのか」

偶然の産物なのでどうせこの手は二度と使えない。私はベッドにあるラグ竜のぬいぐるみを指さした。親切な誰かが私の枕の横にそっと置いておいてくれたのだ。

「このいまいましいラグ竜がどうした」

いまいましくはない。ピンクのかわいいラグ竜だ。サイラスはそれを汚いものでも触るかのように取り上げると、二、三度上下に振った。

「これは私にあざを作るほど重かったはず。さては」

今度は裏表ひっくり返してみて、魔石を取りだした場所を見つけた。

「まさか、お前。魔石を持ち歩いていたなどとは言うまいな」

「おまもりでしゅ」

「四侯の習慣か？」

「たまたまでしゅ」

実際偶然のたまものなのだが、私の返事に苛立ったらしいサイラスはラグ竜を部屋の隅に放り投げた。

「ああ！　りあのらぐりゅう！　たいしぇちゅに！」

「知らん！」

ぎゃあぎゃあ騒ぐ私たちをニコはあきれたように見ていたが、やがて強い目で第三王子に問いかけた。すぐ気の散る私と違って本質を忘れない、さすがニコである。

「キングダムのけっかいをなくして、イースターにどんなよいことがあるのだ」

本当にそう思う。しかし、その答えは得られないだろうと思った私の予想ははずれた。

「本国の愚か者共の考えていることなど知らぬ。私はただ、言われたとおりに動いているだけだ」

わたしは驚いて思わず第三王子のほうを見た。今まで目を合わせるのを避けていたのだ。

もともと鋭い顔は連日の疲れなのか、いっそうとげとげしいものになっており、ニコと同じ色のはずの明るい金色の目は、暗くよどんでいるように見えた。

言われた通り動いているだけだと、サイラスは言った。

確かによく考えると、サイラスはまだ二十歳ちょっとの若者だ。ウェスターのヒュー王子はしっかりしているから別として、少し甘ったれたアル殿下やマークとほぼ変わらない年頃なのだ。そう思えば、ふてぶてしく見えても、まだまだ子どもを卒業したばかりとも言える。

もしかして、本国に言われるままに、仕方なくキングダムにやってきたのだろうか。

「あの頃から一年はたったか。あの時もそうして、まっすぐに私のことを見ていたな」

そうだ。あの時サイラスは従者の首に平然と剣を突き付け、私を差し出せと脅したのだ。人を傷つけることに躊躇はなかった。子どもを卒業したばかりとか、言われたとおりに動くとか、そんな甘い男ではないことは私はわかっているはずだ。

「りあ、わしゅれない。よわっていても、ちたいでもいい。そういいまちた」

あの時、そう言っていたではないか。第三王子は面白そうに片方の眉を上げた。

「声が聞こえるほど、すぐ近くにいたのだな。もう少しで捕まえられたものを、本当に惜しいことをした」

これが第三王子の本質なのだ。イースターの本国に命じられてやってきたのは本当のことだろう。しかし、その目的が何かはきっと知っているはずだし、何より喜々としてこの作戦を実行に移したはずだ。

だまされてはいけない。悪いことをした、悪い奴なのだ。

その時、トントン、と、ドアを叩く音がした。返事も聞かずにドアが開く。

「殿下、そろそろやばいですよ」

「ああ、潮時だな。だが、結界をすぐに修理されても困る。今日の夜、結界が発動せぬことを確認するまでは動けぬ」

「面倒なことです」

この声も聞き覚えがある。あの時、第三王子の隣にいて、「大事な淡紫」と言った人だ。その人は私のほうを見て、驚いたように目を見開いた。

「驚いたな。あの時は後頭部しか見えなかったが、本当に淡い紫だ」

「たたかうか、てっしゅうしゅるか。そういいまちた」

「まさか！　あの時のことを覚えているのか！」

私も黙っていればよかったのだ。でも、お前を知っているぞと言いたくなってしまった。あの夜の襲撃は忘れたくても忘れられない。そして、いくら日の光で普通の人に見えたとしても、この人たちは、恐ろしい敵なのだと改めて理解した。

第三王子の部下はすっと目を細めた。

「本国も迂遠なことばかりする。あの時も今も、端から殺してしまえばそれですむのに」

ほら、やっぱり第三王子の仲間だ。

「リア、ほら」

私の目の前にパンが一つ、そっと差し出された。ニコだ。

そんな場合かと思いつつ、わたしは受け取って、パンを両手でそっと包んだ。もう冷めてしまっているけれど、ふわふわで、いい匂いがする。私の中にある暗い怒りがほどけて消えていくような気がするほどに。

そうだ、怒っても、騒いでも、今私たちにはどうしようもない。いつものように、冷静になって、何かやれる状況を待つしかできないのだ。

「にこもどうじょ」

「そうだな」

ニコは頷くと、何も聞かなかったかのようにサイラスともう一人のほうに顔を向けた。

「サイラスどの、おちゃとちょうしょくのおかわりをいただきたい。もちろん、ふたりぶんだ」

第三王子とその部下のあっけにとられた顔が、その朝一番の面白かったことだった。

「とりあえず、お前たちはここにいろ」

もはや丁寧な態度を取り繕おうともしない第三王子は、そう言い捨てて部屋を出て行ってしまった。

その後こっそりドアを開けてみたら、ドアの前にはちゃんと見張りがいた。残念。

もっとも、お茶と朝食のお代わりはちゃんと届いた。城のあれこれはきちんと機能しているようだが、いったいどうなっているのだろうか。

「ごえいたいはゆうしゅうなはずだが、なにをやっているのか」

「きっと、ぐれいしぇしゅ、いない」

「あれはとくべつぶたい。ほかにもいたはずだがな」

ニコによると、護衛隊のほかにも普通に軍があるという。たしか警備隊がいると兄さまが言っていたような気もするけれど、さっぱりわからない。とにかくベッドの下に隠れなくてもいいのが助かるというレベルでしかものを考えられないほど疲れていた。

私たちが寝かされていた部屋は普通の客室というか、立派な客室で、部屋にトイレも洗面所もお風呂も付いていた。もっとも、ベッドルームだけなので、広くはない。ご飯を食べ終えると私はさっそくベッドの上に上り、立ち上がった。もちろん靴は脱いでいる。

「リア、なにをしている」

ニコがきょとんとした顔でそう聞くので、私は腕を組んでふふんと顎を上げた。

「はねましゅ」

「はねる？」

だって、ベッドの下でこそこそして、たいして動きもしない生活には飽き飽きだったのだ。ここにいろとは言われたが、おとなしくしていろとは一言も言われなかったではないか。

私は、ベッドの上で思い切り跳ねた。気持ちいい。

「リア、それははねているのではない。のびたりちぢんだりしているだけだ」

「はねてましゅ」

レディを尺取り虫のように言うとは何事か。もっともレディはベッドの上で跳ねたりはしないが。

私は伸びたり縮んだりしていると冷静に指摘されたのが悔しかったので、今度はベッドにダイブしてみた。顔が布団に埋まる。

「たのちい」

これ、大事。

「ではわたしも」

ニコがとなりのベッドに上っている。

「ふむ。ベッドのうえではねるとふだんはしかられるのだが」

「だれもいましぇん」

悪魔の、いや幼児のささやきである。

「ふむ。やるか」

「あい！」

というわけで、私たちはベッドで跳ねたり、ベッドに飛び込んだり、ベッドから飛び降りたりと部屋中を駆け回った。しまいには枕を投げたりもした。ずっと動いていなかった体は力を持て余していたのだ。部屋のドタバタは外にも聞こえていただろうが、誰も見に来ることはなかった。

ひと通り息を切らして遊んだら、さすがに疲れてしまった。

「ふう。やすみながら、まどのそとをみよう」

「まど？　ほんとだ！」

結界の間には窓はなかった。しかし、この部屋には窓がある。私たちは狭い部屋を急いで窓の側まで移動した。

「ベランダはない。そして、さんかい、か」

「まどからにげりゅのはむじゅかちい」

「わたしはともかく、リアはむりだな」

ニコだって無理に決まっている。自分たちの位置はだいたい把握したが、部屋は残念ながら城の中庭に向いていて、外側がどうなっているかはわからなかった。そして広い中庭では、兵が二人組で巡回していた。

「にこ、あのひとたちは？」

「ふむ。しろのへいではないから、イースターのへいだとおもうが」

「しゅくない」

城を制圧したとは思えないほどの人数の少なさだ。気づくとは思わなかったが、私たちは窓から手を振ってみた。一人がちらりとこちらを見たような気がしたが、何もなかったように巡回に戻ってしまった。

イースターが侵入してから丸二日たった。今日で三日目になる。昼は持ってきてくれたが、おやつまでは持ってきてくれなかった。幼児にはおやつも食事なのに。私はぷりぷりしながら、お昼寝の後、朝ごはんのお代わりで残しておいたパンを出してきた。棚に隠しておいたのだ。

「リアはほんとに」

ニコが棚からパンを出してきた私をあきれたように見ている。しかしそんなことは気にしない。

「にこはみじゅをいれて」

「……わかった」

ニコは素直にカップに水を入れてきた。今まではカップで水を飲むなどとは考えたこともなかっただろうに、この二日で慣れた手つきである。

パンを食べながら、私たちは今後のことを話し合った。

おやつは来なかった。夕食も来ないかもしれない。城を占領していたとしても、今夜が限界だろうと思う。そんな話だ。

限界が来てどうなるのかはわからない。虚族が出た混乱の中、第三王子はイースターに戻るのか、それとも王族や私たちを始末して、キングダムに永遠に結界を張れないようにするか。でも。

「しょれはないきがしゅる」

「わたしもそうおもう」

パンくずのついた手をパンパンはたきながら、二人で頷きあった。

おそらく、第三王子だけなら私たちをさっさと始末している。しかし、そうしていないということは、それこそが本国の指示だということになる。だとしたら。

「もうしゅこち、できりゅこと、ありゅ」

「それはなんだ」

「けっかい、ひびかしぇりゅ」

「けっかいを、ひびかせる？　なんのことだ」

ニコには結界の張り方は教えた。しかし、結界の共鳴のことまでは教えていない。もしかすると、ランおじさまから教わったかもしれないが、少なくともそれを実践したと思われる共鳴は感じたことがない。

「けっかい、ふたつあわせると、とおくまでひろがりゅ」

「とおくまで。ということは、わたしとリアでけっかいをあわせれば」

「おうとには、けっかいできりゅ」

「そんなにか。もしかして」

ニコははっと何かに気づいた顔をした。

「きたのりょうち。あなにおちたとき、リアとルークでやったようにか」

「あい」

私は強く頷いた。ニコが北の領地でのあの感覚を覚えているなら、話が早い。私が今まで結界を張り続けた最長時間は、一歳の頃にしたほんの数十分だけだ。今、どのくらいの間続けられるかわからないけれど。

「ちょっとでもいい。ゆうがた、ちょっとだけ、きょぞくからにげるじかん、ちゅくる」

「そういうことか」

「おうとのちかくだけでも。しゅこちだけでも」

「わかった。いっしょにやろう」

二人なら、一人よりずっといい。

私たちの予想に反して、夕ご飯は来た。しかも思ったより早い時間にだ。ただし、パンと切っていない果物という、結界の間にいるのとたいして変わらないメニューだった。少なくともパンは柔らかいし、果物は干からびてはいないと自分を納得させるしかない。

おそらく、食事に気を回している余裕がなくなってきたのだろう。

私たちは文句も言わずに食事をとり、夕暮れが近づくのを静かに待った。


「そろそろか」

窓の外が暗くなってきていた。

「あい。りあがはじめましゅ」

私たちは、ベッドに隣り合って座った。

「けっかい」

私の周りに、目に見えない結界がぽわんと広がった。ニコが一瞬胸に手を当てて、目をつぶった。

「たしかに、ここにひびいた。ではわたしも。けっかい」

ニコの結界を感じるのは初めてだ。揺るぎなく力強い結界は私の結界と響きあい、パーンと遠くに広がった。幼児二人でも、王都を十分に覆うほど広いのを感じる。ニコの結界はニコの目の色と同じように、お日様のようにまばゆい感じがした。

「リアのけっかい。このかんじ、おぼえている。れんごくとうで、さかなをはねとばしたのは、リアだったのか」

「ち、ちがいましゅ」

思わぬ指摘に、ちょっとどもってしまった。なぜそんな前のことを覚えているのだ。

「ちがわぬ。リア、かんしゃする」

「あい」

ニコの素直な感謝に、私もごまかすのはやめた。と、その時、もう一つの結界が胸に響いた。この慕わしい気配は。

「おお！　これは」

「にいしゃま。にいしゃま、しょばにいる！」

兄さまの涼やかな結界が私たちの結界と共鳴しあった。結界の範囲はさらに広がり、一つ、また一つと響きあう結界が増えていく。

「ぎる、ふぇりちあ、まーく」

響きあう結界で一人一人の場所がわかる。兄さまは、たぶん城にいる。そしてギルは兄さまのすぐ側にいる。フェリシアは城から少し離れた所、マークも城から離れた所、だがフェリシアの側にいる。いずれも王都、キングダムの中心だから、たぶん自分の屋敷にいるのだろう。

どこまで届くだろうか。王家と四侯の子ども、おまけの私もいれて、全部で六つの結界が重なり合う。

疲れたら、ニコを見て、ニコと頷きあって。時には弱くなる結界を、気力を振り絞って張り続けた。

それはバーンとドアが開け放たれるまで続いた。いや、ドアが開け放たれても続けた。

「結界が発動していると報告があった。王族は何もしていない。ということは、お前たちだな？」

サイラスの問いかけに、私たちは首を傾げてみせた。知らないという意思表示だが、そんなことをしながら結界を維持するのは難しい。だからどうしてもサイラスへの対応が上の空になってしまった。

「この子どもがこんなに殊勝なわけがない。何かを隠している。あるいは何かをしているな」

サイラスは目を細めて私たちを見極めようとした。が、結局わからなかったのだろう。大きな声で怒鳴った。

「何が起きている！」

「は、はい」

返事をした人の顔には見覚えはないが、怯えたような声に聞き覚えがあった。わたしより先に、ニコが指摘した。

「けっかいの、ぎしだな」

「申し訳ありません！　申し訳ありません、殿下」

技師が青くなって頭を下げている。しかしサイラスはそんな技師を一言で切り捨てた。

「謝罪したとてお前の罪は消えぬ。それより、この者たちはいったい何をやっている」

「は、その」

技師は汗をかいたまま目をそらしている。それを見てサイラスが、腰の剣をかちゃりと鳴らした。

「ひい！　あの、魔力を……」

「魔力がなんだというのだ」

「自ら魔力を発して、結界をつくっておられるよう、な……」

プルプル震えて、大人だというのに仕方のない人だ。だが、結界の存在がわかることが、結界の魔道具を作る技師の条件なのだろう。結界箱を分析して結界を作る時に思ったことだが、魔石のエネルギーを結界に変えることは、結界とは何かを感じられる人でなければできない。だからこそ、明かりや熱の魔道具に比べて、結界箱を作れる技師はわずかしかいないのだ。

職人を見たことがなかったので、これが初めての出会いとも言える。少々残念な出会いではあるが。

「自ら結界を作り出しているのか。このちびどもがか」

第三王子は目をすがめるようにして私たちを見た。さすがに人に、しかも敵にじっと見られたまま結界を張り続けたことはなかったので動揺する。多少結界が揺らいだような気もする。

「リア。おちつけ」

「あい」

しっかりしろという四歳児の励ましがつらい。私たち、頑張りすぎでは？

そんな健気な二歳児と四歳児をじっと見た第三王子は、腰の剣をすらりと抜いた。

「それならば、今ここでお前たちを切り捨てれば、問題はない、そういうことだな」

虚族用のローダライトの剣なら何度も見たことがある。しかし、対人用の剣を見るのは初めてだった。それはローダライトの薄い赤色ではなく、鈍い鉄色に輝いていた。

「ひいっ！」

まるで夢のように思えていたその情景は、技師の怯えた声で急に現実味を帯びた。せめて、せめてニコを守らなくては。私はベッドの上で、ニコの前ににじり出た。

「ほう」

第三王子の眉が上がった。しかし、王子が何か言う前に、ニコが私の前に出た。

「よい。リア」

「にこ」

それなら、二人で一緒だ。私はもう一度、今度はニコの隣ににじり出ると、ニコと手をつないで、まっすぐに第三王子を見た。

第三王子は、光のない目で私たちを見ると、一度剣を大きく振り回し、カチンと鞘に納めた。

「お前たちを殺しても、それで終わりではない。たとえ結界箱を壊しても、四侯の血筋、そして王族、すべてを殺さなければ、キングダムの結界はなくならない。そういうことだな」

そういうことだなと言われても、私にはわからない。もちろん、ニコにもだ。

「私が命を受けているのはこれだけだ。城に侵入し、王族を押さえ、結界を働かせないようにすること」

「そんなことをして、どんなよいことがある」

ニコの質問はもっともだ。

「キングダムの四侯を削り、キングダムの王族があてにならないことを民に知らせる。そうして少しずつイースターに権力をと、そういうことだろう」

まさか答えが返ってくるとは思わなかったが、そういうことらしい。

「だが、そんなことをしてにくまれるのはイースターだ」

ニコが言い返しているが、わたしもニコの言うことが正しいと思う。

「イースターがそれを実行したのならな。しかし、イースターの第三王子が、イースターの兵を使って、勝手にやったことなら?」

第三王子の口が片方持ち上がった。

「サイラスどのが、かってにやったのか」

「勝手にできるわけがない。本国が描いた筋書きだ。私が知らないと思っているだろうがな」

私たちが何か考える暇も、答える暇もなく、ドアがまたバーンと開いて、今朝のもう一人の襲撃犯が顔を出した。

「殿下！　時間切れです」

「そうか。リーリア」

突然、声をかけられた私はびくっとした。

「一緒に、行かないか。自由な生活を保証するぞ」

「いきましぇん」

即答である。いったい何を言っているのだ。こんな危険な人の側に行かなくても、私は自由で幸せだ。

「どこにいても、じゆう。しょれが、りあでしゅ」

「フッ。お前らしい」

サイラスが口元を緩めたが、まったく安心できない。部下が廊下のほうをちらりとうかがうと、サイラスを急かすように声をかけた。

「殿下！」

「結界の仕組みを壊したのに、なぜ結界は発動されたのか。何が起こったかを、本国には知らせはせぬ。わけのわからぬキングダムの血筋の力に苦しめばよいのだ」

第三王子が憎んでいるのは、キングダムではなく、イースター。こんな状況だというのに、心底愉快そうな第三王子を見ていると、そんな気がしてくる。

その時ガシャーン、ガシャガシャと、窓のほうから大きな音がした。そちらのほうに目をやってい る隙に、第三王子はドアからするりと廊下に出てしまっていた。

「リア様！　遅くなってすまねえ」

「はんす！」

ハンスに引き続いて、兵たちがわらわらと窓から入ってきた。窓は完全にガラスがなくなっているが、どうやら窓まではしごをかけ、ガラスを割ったと同時に侵入したようだ。そしてすぐさま私たちを確保し壁を作った。護衛隊の制服だ。ハンスは部屋に残された技師を見た。

「お前！」

「ひいっ！　技師です！　私はこの城の者です！」

「ちっ！　奴を追え！」

ハンスの声と共に、私たちを守る以外の人が廊下になだれ出た。

「すぐ戻ってきます。リア様、待てるな？」

「あい！」

ニコのことがまったく入っていないこの会話、まさにハンスである。

「こんかいもリアのごえいにたすけられた。わたしのごえいは、またちちうえにしかられるな」

そういうレベルではなく、大反省しなければいけないのだと思う。

護衛だけでなく、キングダムそのものが。

しかしハンスの顔を見て安心したのか、私はまもなく眠くなってしまった。

起きていなければいけないと思うものの、目が閉じそうになり、そのたびに私の分の結界が危うくなる。結界が一つ欠ければそれだけ結界の範囲が狭くなる。頑張らなければならないのに。

「よい、リア。ひとりかけてもなんとかなる。もうやすむがよい」

「でもにこ、あしぇがいっぱい」

「あついだけだ」

私はもうずいぶん長いこと結界の訓練をしているが、ニコはまだ始めたばかりだ。ニコこそつらいと思う。額に汗がにじんでいる。そうは思うのだが、気が遠くなっていく。

まるでろうそくの明かりが消えるときのように自分の結界が揺らぎ、消えたその瞬間のことだった。

「おお、これは」

「おとうしゃま?」

胸に響くのは、遠く離れたところにいるだろうお父様の、ゆるぎない結界だ。魔力をやっと使いこなし始めたばかりの私たちとは違う、もう一〇年以上も結界のために注ぎ続けてきた魔力。それは力強く結界に響き、まるで私や兄さまをそっと抱きしめるかのようだった。

「もう、いい?」

よくやった、リア。お父様の声が聞こえたような気がした。

「りあ、がんばった」

いい子だ。もう、やすみなさい。

「あい」

その後の記憶はない。

第三章

終結

私が結界を張っていたとは知らない救出隊は、疲れ果てた私が倒れただけでなく、しばらくしてニコも倒れてしまったので、何が起きたのかわからずパニックになったらしい。とりあえず急いで移動させ、医者が呼ばれと大騒ぎだったという。

肝心の結界はといえば、すぐにランおじさまの結界が働き始め、スタンおじさま、ハルおじさまと、王家と四侯の結界が次々と重なるように響きあうことになった。それは明け方まで続き、結果として虚族の被害は軽微だったと、後から兄さまに聞かせてもらったのだった。

「ちりゃないてんじょうだ」

人生で一度は言ってみたかったセリフが言えて満足だ。正確には、知らない部屋ではあるけれど、無機質な白い壁紙はお城のどこかの客室だろうと思う。眠っている間にいつの間にか家に帰っているということはなかったようだ。

「リア様！」

「なたりー」

ずっとベッドの脇に控えていたのか、いつもはピシッとしている髪がいくぶんかほつれたナタリーがそこにいた。私はベッドから手を出して、ナタリーのほうに伸ばした。なんだか手が重い。

「なたりー、ぶじ。よかった」

「よかったではありません！　リア様は、また無茶をなさって……」

ナタリーは私の差し出した手を両手で包むと、手で包んだままベッドの上にそっと下ろした。私が疲れないようにだ。

「なたりー、あのあと、どうちた？」

情報のすり合わせは大事である。ずっと閉じこもっていた私は、部屋の外で何が起こっていたのかは全く知らないのだ。

「リア様と別れた後、大きなぬいぐるみをかかえながら南の温室に走ったのです。こう見えて私は足は速いんですよ」

ナタリーが最後のあたりは自慢そうにそう言った。

「もっとも、南の温室につく前にイースターの兵に捕らえられてしまいましたが、リア様のほうに向かうはずの兵をいくらか引き付けられただけで十分です。ぬいぐるみ好きの間抜けなメイドと思われたのは癪ですが、ええ、本当に癪でしたが。でもぬいぐるみを子どもと間違えたイースターの兵のほうが間抜けです」

ナタリーは癪だと二回言った。大事なことだからだろうか。私はおかしくなってふふっと笑ってしまった。

普段冷静で切れ者のナタリーにとっては、よほど腹に据えかねる誤解だったのだろう。

「その後は客間に他の者とまとめて閉じ込められたので、詳しいことはわからないんです」

ナタリーは申し訳なさそうだが、ナタリーの様子がわかってよかったとしか言いようがない。

「食事は質素なものでしたが三食差し入れられましたし、私たちが危害を加えられるということはありませんでしたよ」

「よかった」

第三王子は、王族を確保して結界箱を止めることが役割だと言っていた。被害は最小限だろうと思ったが、その通りだった。

「閉じ込められたメイドの私たちは私たちで、泣き落としやお色気作戦や、いろいろなことをして兵を油断させせようとしましたが叶いませんでした。絶対助けは来るはずだから、その時に足を引っ張らないよう、せめて見張りの兵くらいは落とせるようにと作戦を練ったのですが」

ここでついに我慢ができずに笑い出してしまった。真面目なナタリーたちがどうお色気作戦に出たのだろうか。

そんな私を見て、ナタリーはほっとしたように口元を緩めた。

「ルーク様も、ご当主も、皆さんご無事ですよ。さあ、お水を飲みましょう」

ナタリーに水を飲ませてもらうと、私はまた眠りについた。なぜだかとても眠かったのだ。

次に起きた時に側にいたのは、兄さまだった。兄さまはナタリーと入れ替わるようにベッドの横の椅子に座り、そして私のベッドに突っ伏して眠っていた。

「にいしゃまだ」

起こさないように小さな声で確認し、兄さまのサラサラの金の髪をゆっくりとなでた。

兄さまはイースターが攻めてきた時、学院にいたはずだ。私とニコもこっそりと戦っていたが、兄さまはどうしていたのか。結界を響かせあった時は、確かに城に来ていたと思う。

きっと私のことを心配していたに違いない。

「ん……。リア！」

ガバリと起き上がった兄さまの頭には、ぴょこんとかわいらしい寝癖がついていた。

「にいしゃま」

「リア！」

あっという間にお布団がはがされ、持ち上げられると、私は椅子に座り込んだ兄さまの膝の上でギュッと抱き締められた。

「心配したのです。心配したのですよ」

「あい。たいへんでちた」

狙われたのはニコかもしれないけれど、ついでに私も捕まったのだから正直に大変だったと言っても許されると思う。

「あんな状況でしたが、リアの結界を感じた時に、どれだけほっとしたことでしょう。もっとも、ギルと共に私も結界を張ろうとしていたところだったので、時間の問題ではありました。が、二度とこんな無茶をしてはいけません」

兄さまに叱られた。

「一〇歳を過ぎるまでは本来は魔力を操る訓練すら危険だからすべきではないというのに。自らの体を張る必要などなかったのです。まだリアは二歳だというのに……」

「あい」

叱られても、同じことがあったらきっとやるだろう。やらないとは誓えないけれど、心配をかけたのは事実なので素直に頷いておく。そして相変わらずニコについてのコメントがない。オールバンスに属するものは、不敬が過ぎると思う。

「にこは」

「殿下もご無事です。リアより先に起きて元気に走り回っていますよ」

「よかった」

「お父様のことは聞かないのですか」

兄さまがちょっと面白がるような顔をした。

「おとうしゃま、けっかい、げんきでちた」

「ははっ。やっぱり感じましたか。お父様は悔しいでしょうけれど、実はまだ王都には戻ってきていないのですよ」

「まだ?」

私は驚いた。お父様ならなんとしてでも戻ってくると思っていたが。

「ウェスター近くまで行っていたお父様に連絡を取るのに早竜を使っても二日はかかります。城は一時まったく機能を停止していましたし、実は学院も襲われたので、私たちもしばらく身動きが取れなかったのです」

「にいしゃまも?」

「ええ。王城みたいにラグ竜がたくさん放たれたのではなく、イースターの兵が直接校舎になだれ込んできて、教室を次々と制圧したのですよ。びっくりしました」

兄さまは軽く言っているが、びっくりしたどころの騒ぎではない。

「狙われたのは私とギルです。もっとも、リアと同じで」

兄さまはにやりとした。

「私もギルも、捕まったりはしませんでした。こういうこともあり得ると思って、脱出経路などをきちんと確認してあったのですよ」

そんなことを考えたこともなかった私は、ひたすらに感心した。

「私たちが目的だとすぐに気がつき、しばらく隠れてから学院を抜け出したのです。もし捕まったとしても命は取られないとは思っていましたが、学院にいたら、他の生徒たちを人質に取られて身動きが取れなくなってしまいますからね」

さすがである。私は次の話をわくわくしながら待った。

兄さまはそのまま話を続けた。普段なら私の話から先に聞こうとするのだが、既にニコから話を聞いているのだろう。

「学院は王城のすぐそば。王城は王都の中央にあり、学院の周りはにぎやかな街です。本当はいけないのですが、上級生ともなると、学院の寮から抜け出して町で遊び歩くこともあります。そういったとき、どの生垣のどこを通るかは、ギルが知っていました」

「ぎる、わりゅいこ?」

「そこは追及しないほうがいいと思うのです」

兄さまは苦笑して、私の好奇心をかわした。

「学院を抜け出した町は、いつもより騒然としていましたが、軍に制圧されているという感じではありませんでした。兵がうろうろしているということさえもなかったのですよ。そこで、制服はしょうがないですが、目の色が目立たないようにしながら、ギルの行きつけの店にすっと潜り込んだんです」

「ぎる、やっぱりわりゅいこ」

「そのおかげで助かったようなものですから」

兄さまはなんでもよくできる人だが、一二歳ではできることに限りがある。背の高さだけなら大人と同じ大きさのギルはやはり頼りになったのだろう。

「行きつけの店は、学院の者に人気だという食堂でした。安くて量が多いのだとか。育ち盛りですので、どうしても寮の食事だけでは足りない時もあるらしいです」

悪い店などではないと私に教えてくれようとしている。

「店に入るとすぐ、店主がどうしたのか聞きたそうな顔をしたのですが、それをぐっと飲みこんで、すぐに店の中に隠してくれました」

ベッドの下に隠れて非常食を食べていた私たちとは大違いである。大冒険だ。

「ギルは店主に、学院がイースターの兵に襲われたということを、それはおそらく四侯の子である私たちが目的であるだろうことを話しました。そして店主からは、いきなり町の大通りを大量のラグ竜と知らない服の兵が城まで駆け抜けたことを聞きました。それらは町には見向きもせずに、城に入ったそうです。しかしそこからの動きは全くないという状況でした」

「あい」

「オールバンスまでは遠かったので、城に近いギルの家に伝言を頼むと、幸い四侯の屋敷にまでは手が回っていなかったとかで、すぐにギルの家に行くことができました。そこからオールバンスをはじめあちこちに伝言を飛ばし、私兵を集めている間に、城の護衛隊から連絡が入ったのです」

そんな大掛かりなことになっていたとは。

「護衛隊と言っても、実質動かしたのはハンスです。グレイセスはスタンおじさまについて王都を離れてしまっていましたからね」

「はんす、げんき？」

「もちろんですとも。もっとも、王子宮を取り囲んでいたはずの兵たちが、サイラスとその側近たちを逃がしてしまったことで相当悔しがっていました」

「にげた……」

さりげなくとても重要な事実が紛れ込んでいた。もうすべて終わったのだからと、事情は何も聞かせないという選択肢もあっただろう。しかし、兄さまはそれを私に話してくれた。

「イースターの兵はラグ竜を城に大量に侵入させ、城の兵が混乱している間に王族を確保したそうです。そして結界の間と王子宮だけを占拠し、立てこもりました」

あの日王子宮の窓から見たたくさんのラグ竜について私が考えたことは当たっていた。だが、私が思っていたよりイースターの兵は少なかったようだ。

「戦力だけなら圧倒的にキングダムのほうが多かったのです。しかしいくら戦力に差があっても、王族を人質に取られていては手を出しようもない。かといって、イースター側から何か要求があったわけでもありませんでした。膠着状態のまま、二日目、初めて異変が起こりました」

「けっかいのましぇき」

「日中とはいえ、いきなり結界が消えたのです。事情のわかるものは皆真っ青になりました。夜になるまでになんとかならないかと侵入が試みられたそうですが、陛下を盾に取られてはどうしようもありません」

兄さまは私をギュッと抱きしめ直した。

「ただし、そこで初めて、ニコ殿下とリアはまだ捕まっていないのではないかという希望が見えたのです。イースターにしても、まず盾としてアピールするなら、いきなり陛下ではなく一番影響の小さい者からでしょうから」

ラスボスは最後まで取っておくということであろう。

「あい。りあ、べっどのちたにいまちた」

「ニコ殿下に聞きましたよ。頑張りましたね」

兄さまは優しく私の背中をポンポンと叩いた。

「よりゅになるまえ、らぐりゅうのましぇき、ちゅかった」

「危ないものを持ち歩いているとは思っていましたが、役に立つとは思いませんでした」

兄さまは少し笑ってくれた。

「キングダムにいるものは皆、多少なりとも魔力を持っていますから、結界が切れた時は、ほとんどの者が何か違和感に気づいたと思います。でも私たちは、結界が切れたことそのものを悟り、本当に愕然としたのですよ」

「きょぞく、こわい。きんぐだむのなかから、でてくりゅ」

「そうです。王都のどこから虚族がわきだすかわかりません。それなのに、ハンターなど一人もいないし、せめて夜になったら人々を家の中にと思っても、王城が占拠されている状態のことを民は詳しくは知りません。三日目のリアと同じように、私たち自身が結界を張るしかないか、と覚悟した時に、結界が発動したのです。驚きました」

兄さまたちも結界を張ることを考えていたとは驚きだった。そして、あれほど頑張らなくてもよかったなあと少し気の抜ける思いもした。

「一番王城に近いリスバーンの家にモールゼイの人たちも集合し、護衛隊に守られてしっかりと立てこもっていたので、私達自身の心配はなかったのです。しかし、さすがに二日目で結界が揺らいだことで、三日目には、なんとかして王族を奪還する作戦が立てられました。と言っても、力ずくでは王族が害されてしまう。王族だけならともかく、リアに何かあったらと思うと……」

不敬ですよ、兄さま。しかし、お父様かと思うほどそっくりな発言だった。

「どこかに侵入経路がないか、そもそもどこに王族が確保されているのか、必死で調査です。その時にニコ殿下とリアの姿が窓から見えたと報告があったのですよ」

「まど、のぞいてみた。てもふった」

「とても助かったのですよ。三階でしたが、そこからならなんとか侵入できそうだとハンスが張り切って」

「はんす、らんおじしゃまもたしゅけた？」

「ハハハ」

なぜそこで笑い飛ばすのか。

「ハンスは護衛隊だった時に、特別部隊だけでなく、城の中の警備の担当であった時もあったようで、ふぬけた護衛隊をまとめあげて王族奪還の作戦を立てさせていましたよ。でも、自分はリア様の護衛だからといって、作戦を実行するのは護衛隊にお任せです。おそらく」

兄さまは何かを思い出してクスッと笑った。

「王族奪還は、リアを救出するためのおとりくらいに考えていたでしょうね」

「はんす……」

少し残念な人だが、だからこそ私にとっては信頼できる人でもある。

「当日、私もギルも城の占拠されていないところまで来ていました。救出作戦には関われなかったですが、リアが助け出されたらすぐに駆け付けられるようにと。もっとも、実際は駆け付けるどころか、結界を張るのに必死でしたから、リアの役には立ちませんでした」

「にいしゃま、しょばにいた。りあ、ほっとちた」

「そうか、結界の共鳴で場所がわかったのですね……。本当にリアは賢くてかわいい」

今の話に賢い以外の要素はないと思うのだが。

「結界の間の結界の仕組みは壊れてしまいましたが、時間はかかるが修理はできるそうですし、そもそも壊れた時用に予備があるとのことで、結界を張る苦労は一日だけで済みました」

いつの間にやらうまいこと終わっていたようで、私はほっとして力を抜いたのだった。

「でも、あいちゅ」

「サイラス王子ですね……。抜け出るところなど全くなかったはずなのですが、王城内では結局見つけられなかったのですよ」

一体どこに行ったのだろうか。

そしてその先もやはりというべきか、第三王子の行方はわからないままであった。

◆

「うむ」

私は腕を組んで一人ですっくと立っている。こうしてオールバンスの庭に立つのはずいぶん久しぶりな気がする。

「私がいるのも忘れないでください」

「俺もな」

「わしゅれてないでしゅ」

兄さまとギルもいるが、後ろに立っているから数に入れなくていいとして。

よく手入れのされた丈の短い草の生えた庭を、さあっと風が吹き抜けていった。ウェスターから戻って来た時も、そしてナタリーと仲良くなった時も、こうしていつも庭に立っていた。

そうしていつも当たり前のようにあるこの庭で過ごせることが、当たり前ではないのだと気づくのだ。私はふうっと大きな息を吐いた。

「じけん、おこりしゅぎ」

「ぷっ。そうですねえ」

後ろで私を見守ってくれていた兄さまが思わず噴き出した。

キングダムの王族がとらわれるという前代未聞の出来事が起きたのはついこの間のことだ。お城のニコ王子のところに出かけていた私もついでに閉じ込められるという、私にとっては巻き込まれたとしか思えない事件である。だが話によると兄さまもギルも狙われたというから、城にいなくても私も結局は襲われてしまったのかもしれないが。

「今回は狙われたのがリアだけではありませんから、それがまあ救いというかなんというか」

兄さまがまるで狙われているのはいつも私だけのような言い方をするから、私は頬をぷーっと膨らませた。

「りあ、たまにちかねりゃわれてない」

私の膨らんだ頬をつつくと、兄さまは微笑んだ。

「その通りでした。今回も入れてたった四回ですよね」

「こんかいは、にこのおまけ」

「ではたった三回」

「あい」

　それでいい。

「でも今回も気を揉んだのは確かです。ただ、側にいても結局は何もできず、以前のようにリアだけが不幸に巻き込まれたらと思うといてもたってもいられませんでした」

「実際に俺たちができたことといえば、最後の結界を張るまでは捕まらないでいることだけだったからな」

　ギルの声には少し苦いものが混じっていた。ギルはもう、背の高さなら大人と同じだけある。だからこそ、屋敷に閉じこもって身を守らなければならない立場というのがつらかったのだろう。

「まーくもおなじ」

　ギルより大きい、成人のマークもギルの屋敷で守られていたという。それより年下のギルが守られていてもなんのおかしいこともない。

「そうだな。もちろん、俺たちは今回敵に捕まらないことが何より大切だった。でも、キングダムの結界の仕組みがこんなにも簡単に奪われるとわかった今、四侯は今までの役割を果たし、王都に閉じこもっているだけで本当にいいのかどうか」

　若き次代として真剣に悩むギルの背を兄さまがポンと叩いたのが見えた。兄さまも同じように悩んでいるのだろうか。私にはそんな二人がとてもまぶしく見えた。

　というか、夏の日差しは本当にまぶしい。私は帽子をかぶったまま短く刈り込んだ草のところにしゃがみこんだ。

「リア、ぐあいが悪いのですか？」

「ちがいましゅ」

立っているのに疲れたからしゃがみこんだだけだ。ついでにそのままおしりをついて座り込んだ。

「ああ！」

と小さい悲鳴が上がるが、これはたまたま近くにいたメイドの声だ。服が汚れてしまうとか、レディとしてどうなのだとかいう声なのだが、私は気にしない。ナタリーは慣れているので何も言わずに側に控えている。さすがである。ちなみにハンスは、最近は私が屋敷にいる間は城に呼ばれて出かけていることが多いので、今はいない。

こうして足を伸ばして座り込むと、地面が近い。ぴょん、と、草色のバッタが目の前を跳ねる。ちょろちょろっとトカゲが動き、小さい石に身を寄せる。

虫やトカゲを獲るコツは、無心になってさっと手を動かすことだ。間違ってもギラギラした気持ちで追いかけてはいけない。この間、庭で獲ったトカゲはナタリーにあげた。そしてその前に獲ったトカゲはハンナにあげた。

ハンナ。

私は、まるで何にも興味のないような顔をして、すっと手を動かした。小さい手に、小さいトカゲがおさまり、虹色のしっぽがはみだしてしゅるりと揺れた。かわいい。

「リア、何かお花でもつんだのですか。兄さまにも見せてください」

「あい」

では、これは兄さまにあげよう。しゃがみこんで両手を差し出した兄さまの手に、私はぽとりと手の中のトカゲを乗せた。

「どうじょ」

「ありがと……うわっ？」

トカゲは驚いた兄さまの手から飛び出して、あっという間に逃げていった。突然捕まえてごめんねと心の中でそっと謝っておく。兄さまにとっては、花だと思ったらトカゲだったので驚かせてしまったようだ。

「リア、兄さまはその、虫とかトカゲとかはあまり得意ではないのです」

「ちりゃなかった」

小さいときはよく兄さまと一緒に庭で遊んだものだが、まったく気がつかなかった。ギルが兄さまの横でお腹を抱えて笑っている。

「だってお前、あの頃必死で苦手なの隠してただろ」

「失礼ですね、ギル。だってそんなの兄らしくないじゃないですか」

兄さまがトカゲの乗った手を不快そうにぶらぶらさせながら文句を言った。

「やせ我慢だな」

「やせ我慢でもばれなければ大丈夫だったのに。油断しました」

私はよっこらしょと立ち上がると、兄さまを見上げてにっこりした。

「やしぇがまん、かっこいい」

虫やトカゲが苦手なのは何も悪いことではない。やせ我慢も時には大切だと思うのだ。兄さまはにっこりして私を抱き上げようとした。

「リア、あ」

しかし自分の手がトカゲを触ったものだと気がついて途中で止まってしまった。

「りあのても、とかげしゃわった」

私は両方の手のひらを兄さまに見せた。そもそも私がトカゲを捕まえたのだから。さあ、兄さま、どうする。

「リアのかわいい手。トカゲ。うーん。もういいか！」

兄さまは私を抱き上げた。

「せいかいでしゅ！」

「ハハハ！　夏の日差しはまぶしいですねえ」

兄さまに抱っこされながら、トカゲをつかんだ手のひらを見る。ハンナもずっと屋敷にいたら、苦手なトカゲも平気になっていただろうか。私はその手を太陽にかざした。

これからも庭に出るたびにハンナのことを思い出すだろう。ハンナ。リアは元気に暮らしてるよ。

イースター王家は第三王子の言った通り、責任をすべて彼に被せて事件への関与を否定した。しかし、事態がそれでおさまるわけはない。

その夏の終わり、キングダムはイースターに向けて出兵した。

第四章

後始末

私はオールバンスの屋敷で、自分の部屋の窓から遠くを眺め、小さな胸を痛めていた。あの事件があってから、ニコとの勉強会は休みになったままだ。

「にこ、げんきかな」

「ニコラス殿下は、お父様もお母様もおじいさまもお城にいらっしゃるのですから、きっと大丈夫ですよ」

ナタリーが慰めてくれるが、確かにそうだ。ニコには心配してくれる人がたくさんいるのだから、大丈夫だろう。それでは最近見ていない人の心配もしなくては。

「はんす、げんきかな」

「もちろんですとも」

ナタリーがまた、すかさず答えてくれる。

「あの体力バカに何かあるわけがありません。リア様もご存じの通り、ああ見えてお城の警備の誰よりも優秀なのですから」

ふんすという鼻息が聞こえてきそうだ。私の護衛とお世話係として北の領地まで行き、苦楽を共にしてきた二人だ。私にはわからない結びつきがあるのだろう。私はうんうんと頷いた。

「リア様、何か誤解しているようですが、ハンスと私は純粋に仕事仲間ですからね」

「りあ、わかってりゅ」

「いえ、何か誤解されているような気が」

ナタリーがぶつぶつ言っているが、私も本当はわかっている。ハンスのことを心配しても仕方がないのだ。

今ハンスはたぶんイースターにいる。

城に簡単に侵入されて、王族を確保されてしまうほど弱いキングダムが、まさか自分からイースターに攻め入るとは、かけらも予想できなかった私である。しかし、こればかりはうやむやにしてはいけないことなのだ、どうしてもしなければいけないことなのだとお父様は言った。

国としての威信がかかっているのだと。それがひいてはキングダムの民の生活を守ることになるのだという。

第三王子が受けた命令は「王族と四侯を確保して、キングダムが結界に守られていることの脆弱さを民に知らしめる」「そのうえで、キングダムの王族と四侯の権威を失墜させていく」というものだった。迂遠なのか馬鹿なのかわからない命令だったから私たちの命は助かったものの、もし命令が「王族と四侯を亡き者に」だったとしたら、キングダムはその時点で終わっていただろう。

そのくらい第三王子の作戦は鮮やかだった。王子宮と結界の間を乗っ取られて、さらに数日間の立てこもりを許したキングダムは、自分の国ながら情けなさすぎる。しかも主犯の第三王子には逃げられているのだから。

そもそもレミントンがイースターに出奔した事件も、第三王子が実行したらしい。かわいいラグ竜たちが作戦に使われたのが切ないが、ラグ竜たちは群れの意識が強くて仲間のために動くことはあっても、人間の善悪の基準を理解して自ら動くことはない。

群れのリーダーが走り出したら一緒に走り出すだろうし、リーダーが城に突入したら一緒に突入するだろう。つまりラグ竜を導く人間によって良くも悪くも使われてしまう。

私がさらわれた一年以上前にはもう、あちこちからラグ竜を買い集めていたらしい。

そしてそれを考え、時間をかけて実行できる力のある第三王子がいたからこそ、イースターが調子に乗ってキングダムにちょっかいをかけてきたのだ。

しかし、話はちょっかいをかけてきただけで終わるはずもなかった。キングダムの王族に手を出したということは、キングダムの民の命を虚族にさらしたということなのだから。お父様の言っているのはこのことである。

「もち」

私は城の結界の間に隠れた三日間の夜のことを思い出していた。いつ結界がなくなるか不安でたまらなかった三日間を。

「なんでしょう、リア様」

「なんでもない」

もし、イースターの作戦が成功して、キングダムの結界が一晩でも消えていたとしたら。

虚族のいる辺境との境界部だけが被害に遭うから、キングダムの中心部は被害を受けないと思ったら大きな間違いである。現にミルス湖では、結界の中にあっても虚族が発生していた。

「うぇしゅたーでは、そうげんにも、きょぞく、いまちた」

おそらくだが、岩がごつごつしているところなら虚族はどこにでも潜んでいるのだと思う。だからもしかすると城の中でも、あるいはオールバンスの敷地の中でさえ、虚族が発生した可能性があるのだ。

その場合、ローダライトに守られた家のない民の被害はと考えると、思わず背筋が寒くなるようだった。

民の怒りはキングダムの王家にも向くかもしれないが、当然イースターにも向く。そのことをイースターは想像しなかったらしい。

イースターが責任を押し付けようと思っていた第三王子は逃亡。

王都だけで起こったこの事件は、王都の民でさえ詳しいことはわかっていなかった。ただ城のほうが騒がしくて何かが起きているのかと不安だっただけだ。だから、事件のことを隠そうと思えば隠せた。場合によっては結界が張られなくなる恐れもあるという可能性を民に悟られるのはいいことではない。

しかし、王家はこれを公表し、イースターの凶行としてキングダムの民に広く知らしめた。同時にあちこちの領地から迅速に兵を集め、イースターに攻め入った。

あんなに仕事のできないと思っていた王族にしては素早い判断と行動だった。そして当然、力のあるものは集められてイースターに送られたというわけだ。王族救出の作戦を立て実行したハンスが連れていかれないわけがなかった。

「はんす」

「大丈夫です。圧倒的な戦力差だと、ご当主もおっしゃっていたではないですか」

「おとうしゃま」

実はお父様もイースターの国境際まで出ているので、お父様の心配をしなければならないのかもしれない。

「おとうしゃまは、だいじょうぶなきがしゅる」

「大丈夫ですとも」

私の言葉にナタリーは力強く頷いた。

「きっと、いしゅにしゅわってる」

「リア様をお迎えに行った時のことですね。お話は聞いていますとも。ええ、確かに草原に椅子を持ち込んで、足を組んで優雅に座っているさまが思い浮かびます」

そうだ。夏の風に吹かれても涼し気な顔で座っているに違いない。

このイースターへの出兵に、ウェスターはキングダムへの全面的な協力を申し出た。イースターとウェスターはユーリアス山脈という大きな山脈に阻まれて、直接行き来することができない。キングダムからウェスターのトレントフォースへはいけないのと同じだ。交易はキングダム経由で行っており、つながりは弱い。

ウェスターは辺境としてイースター側に立つのではなく、キングダムとの関係の強化を選んだ。

そして少数とはいえ精鋭を派遣して、お父様につけてくれているという。

一方でファーランドは、イースターのやったことに遺憾の意を示しはしたが、自分の領地は関係ないとしてどちらの側にも立たず静観の構えだ。

「これから、どうしゅる」

「リア様」

ナタリーが優しい口調で呼びかけた。

「先のことを私たちが考えても、誰の役にも立ちません。皆さん行った先で頑張っていらっしゃるでしょうから、私たちは私たちで、ここでちゃんと楽しく過ごしましょう」

「あい」

確かに私が心配してもハンスの役にもお父様の役にも立たない。まして国交について考えても仕方がない。

「よち、おしょとであそぶ」

「暑いから、帽子をかぶりましょう」

「あい！」

私は元気に返事をして、窓から外を眺めるために上がっていた椅子からよいしょよいしょと声を出しつつ下りた。ナタリーはそれを黙って見守っていてくれる。グレイセスなら抱き上げて下ろしてくれるが、グレイセスもイースターに行ってしまっている。護衛隊は結界の外に出られないという決まりは非常時なのでどうでもよくなったらしい。

「にいしゃま、かえってくりゅじかん」

「そろそろでしょうか。お迎えに出ましょう」

本来なら夏休みのこの時期、家にいるはずの兄さまはギルとマークと一緒に何やら飛び回っていて忙しい。それでもそろそろ帰ってくるはずだから、外で遊びながら帰りを待とう。

生まれてから三回目の夏も、相変わらず忙しい。

私の予想した通り、外に出て遊んでいるとすぐに兄さまが帰って来た。私は竜車が玄関まで来るのを今か今かと待つ。

「にいしゃま！」

「リア、ただいま帰りました」

やっと竜車から兄さまが降りてきた。

「ギルは？」

「ギルは自分のおうちに帰りましたよ。それよりいいニュースがあるのです」

「おとうしゃま！」

それよりと言われてしまったギルには申し訳ないが、いいニュースといったらきっとお父様が帰ってくるというニュースだ。期待する私に兄さまはにっこりと頷いた。

「その通りです。ついにお父様が帰ってきますよ」

「やった！」

私はその場でぴょんぴょんと跳ねた。兄さまはそんな私と手をつないで、ゆっくりと屋敷に入って来た。そのまま着替えもせず、一階のホールにあるソファに二人で並んで座った。

おそらくここにお茶とおやつが持ってこられるのだろう。兄さまは外ではできなかった話を始めた。

「イースターの王族はあっけなく城を明け渡したそうです」

「しょんなにはやく？」

「ええ。情けないことに」

兄さまは一二歳とは思えない皮肉な顔をした。

「イースターの王家は、あくまで責任は第三王子にあると主張しています。自分たちは関与していないと。あれだけたくさんのラグ竜を購入し、移動させる。そしてイースターの兵を貸し与えているというのに、関与していないも何もないでしょう」

一年以上前から周到に用意された作戦である。

「仮に第三王子が勝手にやったことだったとしても、もちろんそのことを知らず、しかも抑えられなかった責任が王族にはあるでしょうに、なぜ逃れられると思ったのか」

「あい」

私も兄さまのように考えていた。だが兄さまの考えは一歩先に行っていた。

「でも、その話を聞いて思うのです。これこそが第三王子の作戦だったのかな、と」

「あいちゅの？」

「そうです。私は彼のことをよく知っているわけではないけれど、わかりやすい権力を求める人ではなかったように思います。なにより人の下につくタイプではなかったと」

私はそれについても兄さまの考えを支持する。何度も会ったわけではないけれど、王として国を治めたいという野望を感じたことなどなかった。何より誰かの指示に従って動くのが本当に嫌そうに見えた。使者としてやってきた時、王族らしく振る舞ってはいても、まるで鎖につながれた獣のようだと思ったものだ。

「めいれいを、りようちた?」

「ええ、そんな気がします。あの作戦は、イースターの王族から見たら、成功するかどうかはどうでもよくて、よくてキングダムの権威失墜、ついでに目の上のたんこぶのような存在だった第三王子をキングダムが片付けてくれたら更にいいくらいの甘い考えだったと思うのです」

「れみんとんを、いーすたーにひきいれた、じちゅりょく」

おそらく、できはしまいと思った命令をことごとく成功させてきたのではないだろうか。イースターの王家からも煙たがられていたのかもしれない。

そして確かに第三王子自身も、あの時そう言っていたような気がする。私は正確に思い出そうと頭をひねった。

「ほんごくが、かってにえがいた、しゅじがき。さいりゃしゅ、そういってた」

さすがに兄さまも私の言っていることをとっさに理解できなくて首を傾げている。そもそもニコが優秀できちんと話ができたせいで、私はあの襲撃のことを特に細かく聞かれたことはなかったのだ。

「本国が、勝手に描いた、しゅじがき……筋書きですか。なるほど。やはり本国の思惑を知っていたのですね。知っていてそれに乗った」

「あい。りあに、いっしょにこないかって。じゆうは、ほしょうしゅるぞっていいまちた」

「やはりそうですか。作戦を利用して、最後にはイースターから自由になることを考えていたのですね。ということは」

兄さまは厳しい顔をした。

「第三王子、いや、サイラスは市井に潜み、力を蓄えているかもしれないということですね。くそっ」

「にいしゃま?」

「すみません、リア。しかし、もしあの者が再起するとすれば、それはおそらく私たちの時代です。地位には興味がないということは、自分の上には誰も立たせたくないということ。それは突き詰めれば、結局は一国の王となるしかないということにもしあいつが気づいたら。そうでなくても、リアを襲った時のように、辺境で悪事を働くこともあり得るでしょう。厄介な敵が野放しになっていると思うと苛立たしいのです」

私はそこまで深くは考えられなかったし、兄さまのように未来のことまで想像することはできなかった。ただ、ああやって王族を確保し、私たちを閉じ込めたのはあくまで自分の目的のためで、まずは自分が自由になる道筋を描いていたのだと思うと恐ろしさを感じる。おそらくは逃げ道は最初から確保していたのだろう。

ただ、二度と会いたいとは思わない。

「ちらないところで、げんきにちてたらいい」

これが私の、サイラスに対する今の考えである。

「リアは優しいですね。私は野垂れ死、ごほんごほん」

兄さまは咳払いをして言い直した。

「私は、二度と日の当たるところに出てこなければいいのにと思いますよ」

「いいなおちても、おなじ」

たいして変わっていなくて、思わず笑い出してしまった私である。

私は常に巻き込まれて渦中にいるから、悩む間もなく行動するしかない。しかし兄さまやお父様は、いつも外側で気を揉むことしかできないとしたら、それはどんなにつらく苦しいことだろう。

私は兄さまに思い切り手を伸ばした。

「にいしゃま、あい」

「抱っこですか、もちろんですとも」

兄さまは私を抱き上げて膝に乗せた。小さい頃そうしてくれたように、つらい時、そして悲しい時も私を抱っこして心を癒したらいいのである。私もついでに嬉しいというおまけつきだ。

「リアはかわいいですねえ」

「あい！」

小さい者はかわいい。ここで「いえいえいえそんなことは」などと謙遜する幼児のほうが怖いので、これでよしとする。

兄さまはしばらく私を抱っこすると満足したようだ。私をそっと隣に戻すと、にこりと笑った。

「それで、いいニュースなんですが」

「いちゅ？　おとうしゃま、いちゅかえってくりゅ？」

「それがお父様だけじゃないんですよ」

「はんす？」

もうハンスも帰ってくるのだろうか。ナタリーの見えない耳がピンと立ったような気がした。

「残念ですが、ハンスはまだ帰ってこないようです」

ハンスはまだ帰ってこない。だとしたらなんのニュースだろうか。

「お父様たち国境で控えているキングダムの兵に、ウェスターも加わっていることはお話ししましたよね」

「あい」

兄さまは、確か小規模だがウェスターが兵を派遣していると言っていたはずだ。私はハッとして兄さまを見上げた。

「たぶん当たっています。そうです、その中にアリスターとハンター四人組がいて、彼らもお父様と共にやってくるそうですよ」

「ましゃか」

「ありしゅた！」

今年の夏はウェスターに行こうと兄さまと約束していた。だが、イースターが余計なことをして兄さまの夏休みも私の楽しい夏もすべて台無しになった。

だが、アリスターたちに会えるかもしれないのだ。

「そういえば、ヒューバート王子もいらっしゃるはずです」

「しょんな、おまけみたいに」

正しく言うと、ヒューバート王子が率いるウェスターの小部隊に、虚族対策としてバートたち四人組が組み込まれ、お世話係か何かとしてアリスターが付いてくるのが許可されたのだと思う。そうでなければ、ヒュー王子が戦闘のあり得る国境にアリスターを連れてくるわけがない。

そういう意味では私はヒューのことは信頼しているのである。本人には言わないけれども。

「にいしゃま、ひゅー、ちゃんとちてるひと」

「ヒューバート王子とはほんの少ししか一緒にいませんでしたからね。それにウェスターの王族はなんというか、のんきな人が多かったですし」

少ししか一緒にいなかったので評価は保留すると言いたいのだろう。私はちょっと面白いことを思いついた。

「あるでんかと、どっちがまち？」

「まち？　ましということですか？」リアはまた答えにくい質問を」

にいしゃまは困ったように笑った。

「しかし今回のイースターの後始末、アル殿下が直接乗り込むそうですから、これから評価は上がっていくんじゃないでしょうか」

兄さまはうまいこと一般論にして、自分はそうは思っていないが世間からはそう思われることだろうと示唆した。しかし私は別のことに驚いた。

「よんこう、おうぞく、きんぐだむのしょと、でりゃれないのに」

「リア、よく気がつきました！」

兄さまは私を抱き上げると高く掲げてくるりと回り、それからぽすりとソファに座り込んだ。

「結局は、四侯も王族も一人もイースターに行かずに決着をつけるわけにはいかないのですよ。リア、もしかしたらこれをきっかけに、四侯ももう少し自由に辺境に出られるようになるかもしれないと私は思っているのです！」

「しゅごい！」

私には兄さまの喜びはよくわからない。そもそも四侯でなくても、たいていの人は国の外に出たりはしないのだ。だけど、出られるけど出ないのと、出られないから出ないのとは大きく違う。

「でもそれはまだまだ先のこと。とりあえず、ウェスターのお友だちを歓迎する準備ですね、リア」

「あい！」

久しぶりに心が浮き立った。

しかし、それからお父様が帰ってくるまでに数日待たねばならなかった。

しかもとても疲れていて、ほとんど話もしないまま休んでしまった。

「明日にはウェスターの客人が来るぞ」

とだけ言い残して。

そして今日がその日なのだ。

「まだかな」

「もうすぐですよ」

玄関から外に出て、客人を待ちわびている私に兄さまが優しく答えてくれる。最近は屋敷の外に出かける機会が少ないからか、楽しいことは全部お外からくるような気がする私である。

「さいしょから、りあのとこ、とまったらいいのに」

「リアの気持ちはわかります。でもね、アリスターにとってはリスバーンは血のつながった家族ですから」

兄さまの言うことが正しいのはわかる。何か月も一緒に生活を共にし、家族のように暮らしたとしても私とアリスターは本当の家族ではない。

「でも、私も気持ちが追い付きません」

「にいしゃま？」

「アリスターがギルの叔父にあたるというのはわかるんですよ。でも、アリスターがスタンおじさまとは母が違うとはいえ兄弟だというのはちょっとこう」

「たちかに」

お父様に急に義理の兄弟が現れたらと思うと、しかもそれが自分と同じ年の少年だとしたら複雑な心境だろうと思う。

「スタンおじさまは慣れているとは言っていましたが、私でさえギルにそっくりで驚いたくらいですからね。スタンおじさまはだいぶ驚いたでしょうね」

「あい」

そんな話をしていたらお父様が心なしかよろよろした足取りで玄関から出てきた。

「お父様を置いて先に出ないでくれ」

「でもお父様、疲れているようでしたから」

そうなのだ。今日も起きて食事はしたが、また寝てしまったので、兄さまとそうっと外に出てきて待っていたのである。

お父様がまず兄さまをギュッと抱きしめると、兄さまは照れくさそうに笑った。次に私を軽々と抱き上げると、安心したように大きく息を吐きだした。

「若い頃はいつも王都から離れたいと思っていたものだが、さすがにしばらくはいいかなと思うくらいに疲れたよ」

「お父様が弱音を吐くなんて珍しいですね」

兄さまは首を傾げたが、私はそうは思わない。兄さまは寮暮らしでたまにしかお父様に会わないから、お父様のかっこいいところばかりを見ているのかもしれないが、普段のお父様は仕事に疲れた普通のおじさんなのである。しょっちゅう疲れたと言っては私に甘えているのだから。

数歩下がったところで複雑な顔をしている執事のジュードと私は同志である。お父様の肩越しにジュードとやれやれと視線を交わした私は、耳聡く竜車の音を聞き取り、お父様の腕の中で急いで門のほうに振り向いた。いつも兄さまやお父様を待っている私は竜車の気配には敏感なのである。

「ああ、リア、竜車が来ましたよ!」

「あい!」

リスバーンの紋章の入った竜車が二台、軽快に駆けてきて、私たちの前で停まった。そして、従者が扉を開けるより先に飛び出してきたのは一人の少年だ。

「リア!」

「ありしゅた！」

私はそっと地面に下ろしてくれたお父様のもとから、懐かしいアリスターに走り寄った。アリスターは地面に片膝をついて両手を広げてくれている。もう離れてから半年以上たつのだから、きっとアリスターも兄さまのように背が伸びて少し大人びたに違いない。でもその時の私は、ただアリスターの近くに行きたくてそんなことを見て取る余裕もなかった。

走り寄った私はすぐにアリスターにグイッと抱き上げられた。兄さまとも違う力強さは変わっていない。顔をうずめるとほのかに革の匂いがするような気がするところも。

「あーあー、相変わらずよちよちしてんなあ」

相変わらずはバートだろう。笑みの混じった懐かしい声に、緩められた腕から目を合わせれば、少し少年らしさを増したアリスターが仕方ないなあという顔で笑っている。ここは一言言っておかなければならない。

「よちよちてない！」

「もちろんさあ。さ、こっちにもすたすた歩いてるところを見せてくれよ」

この暢気な声はミルである。少し涙交じりの声から想像するに、またハンカチを忘れているのだろう。

アリスターは私を抱えたまま竜車のほうに振り返った。ギルとスタンおじさまの横に、相変わらずの四人組が気楽に立っている。この人たちは、どこにいてもこんなふうに自然体なのだ。

「ばーと！　みりゅ！　きゃろ！　くらいど！」

ちょっと涙目のミルの他は、皆にっこりと頷いてくれた。アリスターにそっと地面に下ろされた私は、放流された魚のように素早く皆に駆け寄った。

「ほんとに早く歩けるようになったじゃねえか。おっきくなったなあ」

掬い上げるように私を抱き上げたバートが、そのまま高く私を掲げた。私は思わずキャッキャッと笑った。よくこうして抱き上げてもらったものだ。でも、大事なことはちゃんと言わないと。

「りあ、ありゅいてない。はちってましゅ」

「ハハハ。うん、ちょっと走ってるように見えたかもな。ほら」

私はそのまま荷物のようにミルに手渡された。私は鼻水がつく前にミルの顔を押しとどめ、ポケットからハンカチを出してミルの顔をごしごしとふいた。

「みりゅ、はんかち、だいじ」

「たまたま忘れてただけさあ。リア、相変わらずかわいいなあ」

「あい」

実際かわいいのだから否定しても仕方がない。ミルは鼻水を気にしたのか、少し遠慮がちに私を抱きしめると、今度はクライドに抱き上げられた。

「たかーい」

クライドは何も言わず、優しい目で私を見つめると、そのままキャロに手渡した。

「わあ、ちいしゃ」

「小さくはねえよ。クライドの後ってのが問題なだけで」

もちろん、小さめというのは本人が気にしているだけで、ちょっと顔の整っただけの普通の大人の男性である。

「顔がきれいだとかは言わなくていい」

「いってないもん」

「思ってたって顔が言ってる」

私は思わず頬に手を当ててしまった。

「ほらな」

「お、おもってないもん」

周りに笑いが起きて、私はようやっと地面に戻って来た。

「みんな、げんきそう」

「元気だったぜ」

バートがにかっと笑ってみせ、私の前にしゃがみこんだ。

「父ちゃんと兄ちゃんにちゃんと大切にされてるんだな。よかったな」

「あい」

バートの小さい声に、私も小さい声で、でもしっかりと答えた。とても大切にされているのだ。

「でもよー、リア、ほんっとにいいとこのお嬢さんだったんだなあ」

ミルが今更ながら目の前の屋敷とずらりと並んだ迎えのメイドや従者を見て、ヒューと口笛を吹いた。

「リアが乾いてカッチカチのパンをポケットに隠し持ってた時は、ほんとに四侯のお姫さんなのか疑ったけどなあ」

「君。その話はまだ聞いていなかったように思うが」

「え。ひゃい。いや、リアの父さんにするような話じゃあなくてさあ」

お父様に声をかけられて焦るミルだが、既にお父様の目は若干据わっている。

「みりゅ」

私はミルの足をぽんぽんと叩いた。

「あきらめりゅ」

「そりゃないぜ」

ウェスターの皆といるとウェスターの草原にいるみたいに心が晴れ晴れとして、やっと楽しい夏が始まる気がした。

とにもかくにもお客様を外に放っておくわけにはいかないので、屋敷の中に入ってもらう。アリスターに手をつないでもらって笑顔の私に家の者たちも安心したのだろう。家の使用人たちも明るい顔で、アリスターたち一行には温かい歓迎の目が向けられた。

もっとも、反対の手は兄さまにつながれているので、私はさながら引き立てられる宇宙人のようであり、歩きにくいことこの上ない。

しかし、ウェスターで兄さまに私を返した時、アリスターは遠慮して私とは触れ合わないようにしていたと思うのだが、その遠慮はどこへ行ったのか。屋敷に入ろうとなった時に、少し挑戦的な目で私の手をしっかり握ったのは驚いた。

すかさず反対の手を兄さまが取るものだから、アリスターが文句を言ったくらいだ。

「ルークはいつもリアと一緒だろう。俺なんて、半年以上会っていないんだからな」

「私だって普段は寮生活です。リアとは週末の二日しかゆっくり会えないんですよ」

私の頭の上でバチバチと火花を散らすのはやめてほしい。

「ありしゅたに、りあのへや、みせりゅ」

「リアの部屋か。いいな」

アリスターが目をキラキラさせた。トレントフォースではアリスターと二人部屋だったが、今はちゃんと自分一人の部屋があるのだ。

「じゃあ俺たちもちょっと見に行くかな」

バートたちも付いてくるようだ。

「ああ、私とスタンは応接室にいるから、君たちはリアの部屋を見たら合流してくれ」

「りょうーかーい」

お父様に気の抜けた返事をするミルに屋敷中が凍り付いているが、肝心のお父様は気にせず、アリスターたちと兄さまに私を任せて、スタンおじさまと応接室に行ってしまった。ずいぶんと信頼されたものだなと思う。

「アリスターの実家も広かったが、リアんちもなんかすげえ」

キャロがあちこちを見回して思わず声を上げると、

「俺の実家、うーん、俺の実家か？」

とアリスターが首を傾げた。まだ認めないのかというようにやれやれとギルも肩をすくめているが、私はアリスターが自分の実家ではないとはっきり言わなかったことのほうに驚いた。アリスターは私の手を引いてゆっくりと階段を上りながら、照れくさそうに言った。

「俺、ウェスターの領都でも、城に通って勉強してるだろ。町にそれなりに大きい屋敷を用意してもらってるし、執事とメイドもいるんだぜ。あ、家令と家政婦だって叱られちまう」

アリスターは叱られるのがちっともいやそうではなかった。

「だから、ちょっとは貴族っぽいものにも慣れたんだよ。それに、昨日、スタンさんに会ってさ」

スタンおじさまは明るくて楽しい人なのである。そこにギルが口をはさんできた。

「兄さんって呼んでいいって言われてたじゃないか。父さんと呼んだってかまわないぞって」

「いきなり呼べるかよ。あんたのことだってまだ」

「まだ、なんだよ」

「うるさいな」

気安い口調は、ギルとアリスターの二人がだいぶお互いに慣れたことがうかがえて楽しい。

「俺の父親って人の肖像画も見せてもらったんだよ。それから俺の兄弟が実際一〇人以上いることとか教えてもらったりした」

「じゅうにん」

「そう。あ、リアにこんなこと言っちゃだめだったか」

だめだと兄さまが怖い顔でアリスターを睨んだが、もう口に出しちゃったものは仕方がない。でも、リスバーンの先代があちこちに子どもを作ったというのはアリスター絡みでちゃんと知っているので、私としては別にいまさらなのである。

「でな、論より証拠だろうって言って、鏡を見せられたんだ」

「かがみ。かがみはうぇしゅたーにもありゅ」

ウェスターで鏡に映った自分を見た記憶はちゃんとある。

「あるな。めったに見ないけど」

正直者である。

「鏡そのものの話じゃなくてさ。俺とギル、そしてスタンさん、三人並んで鏡に映ったのを見たんだって話」

「ありしゅた、ぎる、すたんおじしゃま、そっくり」

「うん。ほんとに、笑っちゃうくらいそっくりだった。よく見たら違うんだけどな」

見上げるとアリスターはほんとに苦笑していた。

「実際俺も父様も思わず噴き出したからな」

「あんたらほんとに貴族らしくないよな。ウェスターのお貴族だってもう少し貴族らしいのに」

言い返すアリスターは、本当にちゃんと城で教育を受けているのだろう。

「血がつながってるんだな。血のつながってる人がまだ俺にも残ってるんだなって思ったんだ」

お母さんを亡くして天涯孤独だったアリスターに、それは嬉しいことだったんだとその顔が物語っていた。

貴族は幸せじゃないとつらそうに言っていたアリスターはもうそこにはいない。

ナタリーがドアを開けてくれ、私は大威張りで兄さまとアリスターの手を引っ張って部屋に入った。

「ここでしゅ」

「すげえなあ。ちゃんとお姫様の部屋だぜ」

ここでもヒューと口笛を吹いたミルはナタリーに冷たい目で見られているが、私の部屋は淡いピンクに統一されたそれはそれはかわいらしい部屋なのである。数人ならここで食事ができるくらい無駄に広いし。

もっとも私が選んだものは一つもない。ベッドの上のラグ竜くらいで、それだってもらいものである。

「まあ、リアが選んだんじゃないということはわかる。リアは実用重視だからな。おおかたお父様の趣味だろ、オールバンスの」

キャロも部屋を見回して失礼なことを言っているが、正解なのがちょっと悔しい。

バートは話に加わらず、部屋の窓を開けて窓の外と窓枠を確認するように見ている。

「ばーと？」

「うん、さすがだなと思ってさ」

さすがとはなんのことか。

「昨日泊まったアリスターの実家はさ、立派だったけど、ローダライトは使われてなかったんだよ。

さすがに虚族が出ないところは違うよなって思ってたんだけど、リアの部屋の窓枠にはちゃんとローダライトが使われてる。それにバルコニーがないから、外からの侵入も難しい」

もしハンスがいたら、きっとがっしりと握手をしていたに違いない。バートは前にもまして優秀なハンターになっていた。

「うん。リア、ちゃんと大事にされてるんだな」

「あい」

バートの二度目の確認に、私は深く頷いた。

「あー、よかったー。これで安心だ」

拾った子どもがちゃんとお家に戻ってヌクヌクと暮らしていたらそれはほっとするだろう。

「あ、心配すんなよ。安心したからもう会わなくていいってことじゃないぞ」

バートは私の髪をわしゃわしゃとかきまぜた。後ろでナタリーから角が出ているからやめてほしいのだが。

「キングダムってさ、ましてや王都なんて、俺たちウェスターの者からしたら遠くて縁のない場所のような気がしていたけど、そうじゃないってわかったからさ。またきっと来る」

そうしてバートはニカッと笑った。

「だってさ、トレントフォースからケアリーまで魔石を売りに行ってた時のこと考えたら、今住んでるとこからリアの家のほうがずっと近いんだ」

前者は三週間、後者は一週間ちょっと。どちらにしろ遠いのだが、バートの言っていることを聞くと、まるで隣町の話をしているようだ。思い立ったらすぐに行けるくらいの。

「たのちみ！」

私はぴょんぴょんと跳ねた。本当はそんなにすぐには来られないのだけれど、その気持ちが嬉しかった。

「よし、リアの部屋のチェックも終わったから、お父様のところに合流するか」

バートの言葉に皆ぞろぞろと部屋を出た。アリスターも部屋まで手をつないだから満足したのか、階段を少し先に下り、私が下りてくるのをゆっくりと見守ってくれている。ウェスターではずっとそうだったと懐かしく思い出す。

「なんでも自分でちゃんとやる子なんだ、リアは」

「あい！　もちろんでしゅ」

「そんなこと言われなくても知っていますとも」

兄さまがぶつぶつ言うのはスルーして、そんなところでそっくり返ったら後ろに倒れるぜという護衛の声を心で聞きながら、一応控えめに胸を張っておく。ハンスはまだ帰ってきていないから、仕方がないのだ。

すたすたと歩いて応接室に行ったら、お父様とスタンおじさまがゆったりと椅子に座って待ち構えていた。

「では、君。ミルと言ったか。最初から話を聞かせてもらえるかな」

いきなりこれである。応接間で待っていたのがそのためだったとは知らなかった。

「ええ？　俺？」

焦るミルにバートたちは笑っているが、他人ごとではない。皆、いろいろ聞かれる羽目になると思う。

兄さまは優しい顔でお父様のほうを眺めている。

「お父様、変わりましたね。以前はリアがウェスターにいた時のことを全く聞きたがらなかったのに」

「そうなの？」

「ええ」

驚いた私に兄さまは苦笑しながら返事をしてくれた。そして、控えていたジュードに合図をした。

「何か書くものを。この際だから、リアがウェスターにいた時のことは、皆さんに聞いてきちんと書き残しておきましょう」

「ええ？」

バートたちが驚いたように声を上げているが、ミルだけで済むわけはないのだ。

「リアからも改めてちゃんと話を聞きますからね」

「あい……」

私も他人ごとではなかったようだ。

私のつたない話と、バートやアリスターたちの話をつなぎ合わせてウェスターでの半年を語るのに、一日で済むわけがなかった。すぐにそれに気がついた兄さまは、バートに向かってこう提案した。

「もし時間の都合が合えば、リアに会いに来てくれたついでに、一日に少しずつ話を進めるというのではどうでしょう」

「いいぜ」

即決である。お父様にちょっとびくびくしていたミルも、自分だけが追及されるわけではないと理解してほっとしていたようだ。

お父様はお父様で、

「リアがカチカチのパンをかじっていただと……しかも水なしで……」

といちいち私を抱きしめて嘆くので、話の邪魔になってどうしようもない。しまいには兄さまに、黙って話を聞いてくださいと叱られてやっと静かになった。

私にしてみればすべては通り過ぎてしまった思い出にすぎない。ただバートたちと楽しく過ごした楽しさだけが残っている。そしてトレントフォースまでの思い出と言えば、これである。

「うぇりぐり、おいちかった」

「リア！　だよな！　俺の選んだものは間違いがないんだ」

アリスターが胸を張っている。

「みりゅのすーぷ。きゃろのちーじゅ。くらいどのえりゃんだふく。そちて、いちゅもばーとがいた」

みんなみんなお気に入りだった。

「みんながいりゅと、うぇしゅたーのかじぇがふく」

楽しいお話をしているのに、なぜ皆は涙ぐんでいるのだ。

「なあリア」

「あい」

アリスターがウェスターでそうしていたように私の前にしゃがみこんだ。

「俺たち、せっかくキングダムに来たんだから、王都に一か月くらい滞在しようかって話をしてるんだ」

「ほんとに？」

私は嬉しくてぱあっと笑顔になった。

「俺たちは大人だからさあ」

ミルが鼻の頭をこすって何やら偉そうにしている。

「昼はそれぞれの仕事関係のところの見学に行かせてもらって、夜は王都の町に繰り出す予定なんだけどさ」

「ミル、最後は余計だ！」

そしてバートに叱られている。

「だって、夜に町に出かけられるなんて、結界のあったトレントフォースでさえほとんどなかったんだぜえ」

「それはわかってる。だがリアに夜に遊びに行くとか言うな」

「りあもいく！」

「ほら、こうなるだろう……」

バートが頭を抱えている。私などずっと王都にいるのに、夜の町になど出たことがないのだ。

「おとうしゃま！」

「リア、子どもは夜に外に出てはいけない」

「おとうしゃま……」

お父様の言うことはもっともである。でもちょっと行きたかったな。私はちらっとお父様を見上げて、また目を落とした。

「リア、口がとがってる」

「とがってまししぇん。もが」

アリスターに口をつままれてしまった。

「もちろん、アリスターも、ルークも駄目だ」

「ええ、それはないです、お父様！」

兄さまは叫び、アリスターはお父様からそっと目をそらせた。私はピンときた。うちに泊まらないからって、お父様の言うことを無視する気だな？

「アリスター、駄目なものは駄目だ」

「うっ」

でもアリスターも結局スタンおじさまに念を押されていて、留守番組になった。

「とはいえ、それでは納得しないだろうから、子ども組も、夜に出かける日をちゃんと作る。保護者付きだがな」

スタンおじさまがにやりとしたので、私は嬉しくて飛び上がりそうになった。

「りあも、りあもいけりゅ？」

「リアは幼児だからなあ、どうしようかな」

ニヤニヤするスタンおじさまにお父様が厳しい顔をした。

「スタン、リアに意地悪をしたら許さんぞ」

「最初に駄目だって言ったのはディーンだろうに」

娘に甘いお父様のおかげで私も行けることになりそうだ。

「ありしゅたは？　ありしゅたはおちごとないでしょ？」

「そうだな。バートに付いていってもいいんだけどな」

そういえば、私もあの事件があってから城に行っていないが、私はどうすればいいのだろうか。ちなみに兄さまは夏休みなので、私も夏休みでいいような気もする。

「りあは？　りあはどうしゅるの？」

お父様に改めて聞いてみた。もちろん、アリスターと遊ぶので何も問題はない。

「そうだな。本来なら夏休みで、リアとルークはウェスターに行かせようかと思っていたのだが、そんな場合ではなくなったし。なによりウェスターに行きたい理由のほうがキングダムにやって来たからな」

「あい！」

もともと兄さまは夏休みになったらウェスターに行こうと言ってくれていたのだ。ちゃんとお父様もそう考えていてくれてよかった。

「じゃあ、りあはありしゅたとあしょぶ」

「それがな、そうもいかないようなんだ」

お父様が困ったように眉を下げた。

「リアは割と元気にしているが、ニコラス殿下はあの事件でかなり落ち込んでいるらしい」

「にこが？　にこ、なにもわりゅくないのに」

これ以上王族に何かあってはいけないと、イースターとの戦争が終わるまで、ニコは城で厳重に守られているはずである。もっとも、一応決着がついたのだからそろそろ自由になっているはずだ。

ただ、お父様がイースターのほうまで出張っていたので、私を城に送り迎えする人がいない。ハンスもまだ戻ってきていないし、警備の関係上私も城に行ってはいけないと言われているので、ニコにはしばらく会えていないのである。もちろん、クリスにもだ。

「私がイースターから戻って来たのだから、ぜひリアを城に来させてほしいと言われているんだ。どうだろうか」

「もちろん、いきましゅ。にこ、しんぱい。でも」

私はアリスターのほうを見た。城に行ってしまうと、夕方や夜しか会えなくなってしまう。それでも会えないよりはずっといいのだけれど。

「リア、心配すんな」

アリスターが手を伸ばして私の頭の上でポンポンと弾ませた。

「リア、そうですよ。夏休みですからね。私もギルも、そしてアリスターも城に一緒に行きますよ」

「ほんとに？」

アリスターは貴族のやり方に慣れてきたとは言っていたが、もともと貴族のことは嫌っていたはずだ。城に行って、王族と付き合う羽目になるのはいやではないのだろうか。

「いまさらだろ？　そもそもウェスターでは割とヒューと一緒なんだ。あいつだって、辺境とはいえ一応第二王子だからな。俺だって慣れたんだよ」

屈託なく笑うアリスターは、貴族なんて幸せじゃないと怒っていたあの頃からずいぶん成長したものだ。私は思わずほろりとした。

「俺は後継ぎとかそんなんじゃないけど、リアと一緒だ。四侯の瞳を持つもの。城の人たちだって、俺を近くに置いて観察したいんだと思うぞ」

前は見られるのが嫌だと言っていたのに。

「しょれでいいの？」

「いい。どうせ夏が終わったら俺はウェスターに戻るしな。俺のことが見たいなら、いくらでも見たらいいんだ」

「かっこいい！」

私は感心してアリスターを見上げた。

「リア、私は？　私はどうです？」

「にいしゃま、もちろんかっこいい」

「ですよね」

兄さまがアリスターに対抗していておかしい。とりあえず、アリスターが来てくれただけではなく、ニコにも会えることになった。

アリスターはともかく、バートたちは身分の関係から城には行けないだろうなと思っていたら、そんなことはないらしい。

ウェスターから正式に派遣された援軍のうち、特に四侯であるお父様の護衛に付いたということで、バートたちも本来なら城に招かれ、祝賀のパーティに参加するとかそういう行事があるのだそうだ。

だが、戦争は一応の終結を見たとはいえ、まだイースターの混乱もおさまっていないうちに、そういう華やかな行事はまだ早いと判断されたという。

「パーティに出るとかごめんだよ。それなら自由に王都を歩かせてもらったほうがいい」

バートが内緒だぞという顔で教えてくれた。

「だから城には一緒に行けねえが、帰ってきてから時々会えるからそれでいいだろ」

「あい。おちろには、ありしゅたもくりゅから、へいき」

「だなあ。城にはヒュー殿下もいるようだから、会えるんじゃねえか？」

「ひゅー！　わしゅれてた」

アリスターたちは親戚だからリスバーンのもとにいるが、ヒュー殿下は王族だから、城で正式にもてなされているのだ。

「忘れてちゃダメだろ。あれでもリアのこと心配してたんだからさ」

「あい」

ヒューの態度はわかりにくいが、確かにウェスターではいつも気にかけてくれていたと思う。少なくとも旅の後半は。

だからもしかしたらヒューにも会えるかもしれないと思った私は、城に行く竜車の中でやっぱり浮かれていた。

「ふふーん、ふんふん」

「キーエ」

竜も楽しそうだ。しかも今日は兄さまも一緒にいる。

「にこ、げんきかな」

「そうだなあ。元気がないからリアがよばれたのではなかったか」

「そうでちた」

久しぶりのお城で浮かれていて、ニコを励ますためだということを忘れていた。ちょっと反省した。

「おそらくだが、ニコ殿下は今、ウェスターから帰って来たばかりの頃のリアのようではないのかと思うのだよ」

「りあとおなじ」

あの頃はただ皆に心配をかけまいと、一生懸命にいい子にしていたのだった。

「にこ、わがまま、がまんちてる」

「リア。やっぱりそうだったのだな」

しまった、誘導尋問だったたか。そう思ってお父様の顔を見るとそんなわけもなく、ただ私への愛しさが浮かんでいるだけだった。

私はあのころの気持ちを思い出し、お父様に伝えた。

「なにがわがままかも、わかりゃないの」

大事にされて守られているのに、どうしたらいいかただひたすら途方に暮れた日々だったと思う。

でもニコの側にはお父様であるランおじさまもお母様も、アル殿下だっているだろうに。

「殿下方もいそがしいからな」

お父様も忙しいが、戦争で王族が忙しくないわけがないのだ。浮かれていられない気持ちになった私は竜車が王子宮に向かうのをじりじりと待った。

そして竜車が止まった途端、ドアを開けて飛び降りた。正確にはそれを察知した兄さまに素早く抱え降ろされた。

「危うく転げ落ちるところでした」

「にいしゃま、ありがと」

そしてそのまま大きな声でニコを呼んだ。

「にこ！」

「リア。ひさしいな」

いつもはふんぞり返っているニコが、笑顔を受かべているとはいえ、庭に静かにたたずんでいる。

いつもより護衛の数も多く、後ろにランおじさままでいる。普段はいたずらな笑みを浮かべているはずのランおじさまの顔には心配そうな表情が浮かんでいた。

これは確かにおかしい。ニコもいつもならこちらに走ってきてもおかしくないはずなのに、静かに待っているなんて。だが待っていても何も始まらない。そっちが来ないなら、私が行くまで。

私は猛然と走り始めた。

「あっ」

そしてずざざっと音がするほど見事に転んだ。兄さまがすぐ駆け付けてきた気配がしたが、私が助け起こされるのを嫌がることを知っているのですぐ後ろで止まって待ってくれている。でも、ニコは来ない。いつだって心配して手を差し伸べてくれる子なのに。

「にこっ！」

呼んでも来ない。

私は転がったままグイッと顔を起こした。もしかしたら草の切れ端がついていたかもしれないが、かまうものか。ニコは私のことが心配でその場で手を伸ばしているが、動いていいものかどうか迷ってためらっていた。いつもなら迷うことなく助けに来てくれるではないか。

「にこっ！　はちれ！」

私の声にニコの周りの人たちが思わず息を飲むと同時に、ニコが弾かれたように走り始めた。私もなんとか起き上がって座り込んだ。

私にぶつかるように滑り込んできたニコは、すぐさまハンカチを取り出すと私の頬に付いた泥をぬぐった。

「リアはまだはしれないのだから、むりをしてはいけない」

「はちれましゅ。にこがこないから、わりゅい」

「すまなかった」

「にこがこないから、ころんだ」

そんなわけはないのだが、まじめなニコの顔を見ていたら、なんだか涙が出てきた。

「にこが、わあー！」

「リア」

急に泣き出した私の体に、ニコが恐る恐る手を回した。

「にこ、わりゅくないのに」

「さっきはわるいといったではないか」

「にこ、わりゅくない！　がんばった！　おりこうだった！」

「リア」

ニコの回した手がぎゅっと強くなった。悪くないのも、頑張ったのも、今のことではない。二人で乗り越えた、あの事件のことだ。

ニコは目をギュッとつぶって苦しそうに告白した。

「わたしがもうすこししんちょうにこうどうしていたら。わたしがもうすこしつよかったら。あんなことにはならなかったかもしれぬ」

「ちがう！　にこ、わりゅくない！」

やっぱり自分が悪かったかもしれないと思っていたのだ。自分がもっとちゃんと動けば、周りに迷惑をかけなかったかもしれないと悩んでいたに違いない。

大人の皆は、ニコのこの告白をちゃんと聞いているか。

私は皆のほうをしっかりと見つめた。大事なことだから、よく聞くがいい。

「りあとにこが、がんばったから、みんなたしゅかった。りあもにこも、えりゃい！」

「だが」

私はニコの頬を両手でぎゅっと挟む。

「にこ、わりゅくない。しゅぐにたしゅけなかった、みんながだめ」

「だめなどといってはならぬ」

こんな時でも真面目だ。

「にこだって、だめじゃない。じぶんにだめ、いっちゃだめ」

ニコに言い聞かせると、手を引いて一緒に立ち上がらせた。私は前面が泥だらけだが、かまうものか。そのまま皆から離れて、庭のほうに走り始めた。

このまま大人と一緒にいさせてはニコが気を使うばかりである。

護衛が付いてこようとするが、私はにらみつけた。

「こないで！」

私の声に、ランおじさまが護衛を止めた。

「ばか！　よわむち！　べー！」

幼児に思いつく限りの悪口を叫ぶと、ニコを連れていつも木登りをするほうへと走って逃げた。今度は誰も付いてこない。

「リアはぞんがいくちがわるいな」

あのくらいたいしたことはないと思う。

「たまには、いいものでしゅ」

「そうか」

隣を見ると、ニコがいくらか明るい顔をしている。自分が言えないことを、他の人が言ってくれたら少しはすっきりするものだ。私はもう一度言い聞かせた。

「にこ、わりゅくない」

「わるくないか」

「あい。わりゅくない。こどもだから、わがままちていい」

「おうじでもか」

「あい。もちろんでしゅ。りあもしゅきにしゅる」

私は自分の立場を思い出しながら口にした。

「こうしゃく、れいじょうでも」

「そうか、こうしゃくれいじょうがべーといってもいいのか」

「しょれはだめかも」

「ははっ」

やっとニコが笑った。木の下で私たちはつないでいた手を離して向き合った。

「ははうえをなかせないように、ちちうえをしんぱいさせないようにしていたら、ここが」

ニコはおなかをさすさすした。

「ちがうでしょ。もっとうえ」

「ここか」

「そう。こころのありゅところ」

「確かにこっちかもしれぬ。そして、ここが、くるしくなる」

心配をかけないようにしようとして、息苦しい生活になっていたのだ。私も経験者だからよくわかる。

だが、そんな生活が子どもにいいわけがない。

「おかあしゃま、なかしぇていい。おとうしゃま、ちんぱいさしぇていい。それ、おとなのちごと」

「しんぱいすることがか」

「あい。ないて、ちんぱいしたあと、おとな、じぶんでなんとかしゅる」

私は手入れされていてなかなか危険物の落ちていない庭で、それでもいい感じの草の枯れ枝を二つ見つけてきた。そして一本をニコに差し出す。

「これで、やちゅあたりしゅりゅ」

「やつあたり?」

「ふりまわして、たたく。えい、えいっって」

「ふたりで『え』をやっつけたときみたいにか」

ニコと会ったころの思い出だ。懐かしい。

「そうでしゅ。さいらしゅ、やっちゅける。えい！」

「えい！　やあっ！」

「こわかった！　はやく、たしゅけてほちかった！　えい！」

「こわかったな！　とうっ！」

最後には剣まで向けられたのだから。それだけではない。

「かたいぱん、おいちくなかった！」

「とうっ！」

「べっどのちた、くるちかった！」

「えいっ！」

本当に大変だったのだ。もっとも既にニコは木の枝を振り回すことに夢中であるが。

結局は私がつらいと思っていたことを発散して終わったような気がしないでもない。

「よしリア、あっちのきまでかけっこだ！」

「よち！」

「ああ、ずるいぞ、さきにいくとは！」

足が遅いのだから先に行かないと負けてしまうではないか。

その日の午前中は、アリスターが来ていたことにも気づかず、私とニコは疲れて声が枯れるまで遊び倒したのだった。

本物の侯爵令嬢《ディーン》

「ばか！　よわむち！　べー！」

涙と泥でシマシマの、とても侯爵令嬢とは思えない顔でとんでもない言葉を叫ぶと、リアはニコ殿下を連れて走って行ってしまった。急いでいる分また転びはしないかとハラハラする。そして途中で立ち止まると、二人で何やら話した後、今度は枝を拾って振り回している。

侯爵令嬢らしくはないが、とてもリアらしい。何も言わずうつむいていた去年の冬のリアを思い出して、少し胸が痛んだ。泣いて叫ぶ今のリアのほうがずっといい。

「ハハハ」

突然聞こえた笑い声に驚いて振り向くと、そこにはお腹を抱えて笑っているアリスターと困ったように微笑むギルがいた。

「俺に会うのを楽しみにしていたんじゃなかったのかよ。まったく、人のことばかり気にかけて、いつでも自分のことは後回しなんだ、リアはさ」

そうだ、あの恐ろしい事件の後もリアは、まるで何も起きていなかったかのように振る舞い、屋敷の者を心配させないようにしていたと思う。リアのことだから、本当になんとも思っていなかった可能性もあるが。

「なんでもないような顔をして、自分に全く手をかけさせないんだ。そんないい子なんているわけがない。絶対何か我慢してるんだよ。こっちが気がついてやらなけりゃならなかったんだ」

「ニコ……」

アリスターの言葉に反応したのはランバート殿下だった。ニコと重ね合わせているのだろう。アリスターはおそらく皮肉を言ったのでもなんでもなく、リアのウェスターでの様子をありのままに教えてくれただけなのだ。

だが、先ほどからリアの言葉一つ一つにまるで殴られたかのようにたじろいでいたのもまたランバート殿下だった。いつもは苛立つほどにのらりくらりとした男なのだが、今回自分が拘束され、その間ニコラス殿下を人質に取られ動けなかったことがよほど衝撃的なできごとだったのだろう。その気持ちは幼い娘のいる私にもよくわかる。

今回の出兵はランバート殿下の強い意向でもあった。

だが、ニコラス殿下はリアと同じで、頭がよすぎた。自分が迷惑をかけたと思い込み、皆を心配させまいとして動けなくなった。そのニコ殿下をさらに何重にも王家が囲い込んでいるというわけだ。それは息が詰まるだろう。

「だが、また同じようなことがあったらどうする。イースターは抑えたが、実行犯は結局取り逃がしてどこにいるかもわからない」

そのランバート殿下のつぶやきに私は答えることはできない。なぜならリアが戻ってきた後、いくら警護を増やしても、不安は消えることはなかったからだ。ただ、自分が不安に押しつぶされた結果、リアに我慢をさせることになってはどうしようもないことは理解できた。子どもをのびのびと暮らさせることができないのでは意味がない。

もっとも私とて、不安はある。王家にハンスを貸し出したまま、リアの護衛が不十分なのは誠に不本意だと言いたい。

長いようにも思える時間、今までの我慢をすべて発散させるかのように全身を使って動き回った二人は、やがて息をきらせながら戻って来た。

ニコ殿下の満面の笑顔は、ランバート殿下とその周りの護衛を見ると次第に消えていき、歩みも小さくなった。

「ちちうえ、その」

思わずといったようにニコ殿下が目を伏せた。リアはまっすぐにランバート殿下のほうを見つめている。そのリアの視線にランバート殿下はまるで言い訳のように言葉を紡ぐ。

「前のように、自由にさせたほうがいいとわかってはいるのだ。だが、また同じことがあったらどうする。護衛は増やし、何があっても門を突破できないようにはした。だが、次にまた別の方法を考えられたら……」

そんなことをリアに言っても仕方がないと思うのだが。私はその様子を口を挟まずに見守っている。

リアはそんなランバート殿下に向かってふんと腕を組んだ。一歩も引かない様子だ。

「あいちゅ、もう、こない」

リアは確信を持っているようだ。ランバート殿下の言っていることは、大人が聞いても曖昧な内容なのに、リアはきちんと読み取って一番必要な答えを返している。本当に賢い子だ。

「来ないって、まだ捕まってはいないのに」

反論するランバート殿下にリアはまた断言した。

「くる、りゆうがない」

リアは、サイラスから聞いたという事情を話してくれた。それは城にも報告が行っているし、ニコラス殿下からも直接聞いていることだろう。あいつは確かに幼児に手をかけることもためらわない悪人だが、イースターの王家から離れた今、わざわざ自分たちを襲う理由はないとリアは判断したようだ。

「だが」

まだグズグズいってるが、そろそろリアに叱られるぞとハラハラしてルークのほうを見ると、ルークもやれやれという顔をしていた。

「もち、またきたら、しょのときは、ちかたない！」

リアは大きい声で宣言した。なんと頼もしいことか。リアが王でもいいくらいだ。

「仕方ない」

ランバート殿下はリアの言葉を呆然と繰り返した。

「りあも、にこも、またがんばる。どうちようもないことは、どうちようもない！」

「どうしようもないことは、どうしようもない」

ランバート殿下の隣で、私も複雑な心を持て余していた。大人に、王子殿下に説教をするリア。笑い出したいような、少し切ないような、そしてなによりリアを抱きしめたいような気持ちだった。

「なんてかわいらしいんでしょうか、リアは」

小さい声が隣のルークから漏れたが、その通りだ。

その時腕を組んで面白そうに皆を観察していたアリスターがリアに話しかけた。本来は王族の会話に口をはさむのは不敬に当たるのだが、私的な会話だしとがめるものはいなかった。

「俺たちはこんなにも縛られているようでいて、本当は自由なんだよな、リア」

「あい、ありしゅた」

リアはアリスターにしっかりと頷いた。

「俺はリアに言われたこと、忘れてない。四侯であること、力があることは仕方がない。でも、好きにしていい。自由だって」

「あい。こころは、じゆう」

アリスターはニコ殿下の前にかがみこんだ。

「王子はさ、四侯より力があって、四侯よりやるべきことが多くて、大変だよな」

「たいへんだが、おうぞくはたみをまもるためにいる。そのためのちからだ」

「偉いな、ニコ殿下」

アリスターはニコ殿下の頭をくしゃくしゃくしゃっとかき回した。

「その力は、閉じこもっていい子にしていたら身につくのか」

「わからない。だが、いいこにしていないとまたみんなにめいわくをかける」

ニコ殿下はまたうつむいた。

「違うぞ。ニコ殿下はさ、リアと一緒に魔力の訓練しているだろ。あれはなんのためだ？」

「まりょくをあつかうちからをつけるためだ」

「だろ。いいか、力は自分で努力しないと身に付かない。そして、リアと出会わなかったら魔力をうまく扱うことはできなかった。閉じこもっていたら、リアと出会うことはできたか？」

「できなかった」

「そうだろう」

正しくは閉じこもらされていたニコ殿下のところに送り込まれたのがリアなのだが、そこを指摘するほど野暮ではない。

「ニコ殿下の言っている民を守る力は、心が自由じゃないと身に付かない。自分を閉じこめていてはだめだ」

「じゆうにはしりまわっていいのか」

「いい」

アリスターは言い切った。それを見てリアも大きく頷いた。

「りあもにこも、じゆうにはちっていい。おとなのこと、きにちなくていい」

ニコはランバート殿下をまっすぐに見た。

「おとなはおとなで、がんばれ！」

ランバート殿下は何かに打ち抜かれたかのようにたじろいだ。

子どもたちにあれこれ言われても、不安を乗り越えて前向きに考えられるようになるまで時間はかかるだろう。だが、種は蒔かれた。

「そんなにそっくりかえったら、うしろにたおれてしまうぞ」

「たおれたら、にこがおこちて。しょれでいい」

「それでいいのか」

「あい」

この賢い子どもたちのやり取りがどのくらいランバート殿下の胸に響いたのかはわからない。しかし、最終的には少し憂いの晴れた顔をしていたように思う。

私は軽く咳払いをして一歩前に出た。

「ニコラス殿下も、ランバート殿下も、一応我が国の王子殿下なので。リアもアリスターも、もう少し口を慎むように」

「あい！」

「はい！」

二人とも素直に返事をしてくれる。

「うむ」

侯爵令嬢の父親としてはこれでいいだろう。

「くく、ハハッ！」

さっきまで憂いに満ちていたはずのランバート殿下がいきなり笑い出したので、私も周りの者も皆驚いた。

「オールバンス、今まで、一番王族に失礼だったあなたが、くくっ、子どもたちに礼儀を説くとは、ははははっ」

「そこですか。別に失礼など働いておりませんよ。興味がなかっただけのことです」

「ハハッ、ハハハ」

まことに失礼と言わざるを得ないが、少しでも元気になったのならリアが転んだかいがあるというものだろう。それではリアとアリスターのために一言言っておこう。

「さて、リアがお待ちかねのアリスターもいるぞ」

「あっ！　ありしゅた。いた！」

「今話してただろう。全くリアは」

アリスターはぶつぶつと文句を言ったがリアを抱き上げて高く掲げた。

「おや、ニコラス殿下はどうしました？」

側で何かを言いたげなニコ殿下に気づいて、さっそく丁寧な口調になっていて偉いものだ。

「うむ。つぎはわたしのばんなのでならんでいる」

「そうか。ではほーら！」

アリスターに高く抱えられて、そのままギルに手渡されて、ニコラス殿下の顔に笑顔が戻った。こうして少しずつ日常が戻ってくるといい。

◆

ニコが心配なあまりアリスターのことをすっかり忘れていた私だが、いったん顔を合わせれば、あっという間にウェスターで遊んでもらっていた頃に戻ったようだった。決してニコと遊ぶのに夢中で忘れていたわけではない。

とはいっても、こうして本当に遊ぶのが目的で時間を過ごしたことは、ウェスターではあまりなかったかもしれない。

皆はハンター以外にも昼にもちゃんと仕事があったし、それはアリスターも同じで、常に自立を目指して前を向いていた。だから、こうやってアリスターが私やニコと心ゆくまで遊べるということは、ウェスターで充実した暮らしができているからだと思うのだ。よかった。私は一人頷いた。

「また何か勝手に納得しているな？」

「ありしゅたがげんきで、うれちい」

「そっか。ありがとな」

ニコニコと私の頭をなでるアリスターの向こうから、アルバート殿下と、アルバート殿下によく似た背格好の誰かが並んで歩いてきた。ちょっとひねくれた顔つきの懐かしい人だ。

「おじうえ！」

「ひゅー！」

ニコが駆け出したので、私も走り出す。ちょっと出遅れたし、なんなら差がついてしまったが、それは運動神経ではなくて、きっと相手に対する愛情の多さによるものだと思う。

ヒューは少しだけ表情を和らげると、走ってくる私を膝をついて受け止めた。

「なんということか！　リアがもうよちよちしていないだなどと、想像もしていなかった！」

ヒューはぎこちなく私を抱きしめ、耳元には感動した声が聞こえているが、いちおう言っておかなければなるまい。

「りあ、もともとよちよちてない」

「ああ、そうだな。すたすたと歩いていたんだったよな。それにしても大きく……なっていないな？」

抱き止めた私からそっと体を離し、しげしげと私を見たヒューの言葉がこれだ。

「おーおーきーくなーりーまーちーた。ひゅーもしちゅれいなままでしゅ」

「ああ言えばこう言う。確かにリーリアだ」

ヒューは私の頭をなでようとしてふとためらった。

「そういえば私はリアとはこのような関係ではなかった気がする」

「いま、だっこちたでしょ」

いまさらである。

「それもそうか。ウェスターの者は誰も見ていないしな」

やっと頭をなでたが、アリスターが見ていると思う。それに見ていたらなんだというのだ。しがらみにとらわれた大人は面倒なものだ。私はやれやれと肩をすくめた。

「ヒュー、ニコやおとうしゃまとは？」

「もう挨拶は済ませてある。ニコラス殿下はしっかりしたお子だな」

「そうでしゅ」

「なぜリーリアが胸を張るのだ」

なぜ私が胸を張るかと聞かれたら、答えはこれだ。

「ともだちだから」

「うむ。わたしもリアのことはほこりにおもっているぞ」

「あい！」

なにせ今回の騒動で頑張った二人なのだから。しかも私は礼儀正しい子だ。

改めてヒューに向かって丁寧に礼をした。

「ひゅー、おとうしゃまにちゅいててくれて、ありがと」

「うむ。だがリーリアのためというわけではない。ウェスターの王族として当然の義務を果たしたまでだ。なんだアリスター。何をニヤニヤしている」

いつものヒューだなと思って眺めていたら、ヒューはアリスターのほうを見て少し挙動不審である。

「自分が世話をしたリーリアの身内だからって気合入れてたじゃん」

「気合など入れてはいない。私はウェスターの王族として、世の治安を乱す輩とはとうてい相容れることはできぬから参戦したのであって」

「はいはい。都合が悪くなると途端に王族モードだよな、ヒューはさ」

「ぐっ」

アリスターに言い負かされているヒューを見るのは新鮮である。というか、ヒューに親しい態度を取るアリスターが新鮮である。

もともとアリスターにとってヒューは、アリスターをトレントフォースから連れ去る敵だった。旅の間に民を思う王族としてのヒューの姿勢を知り、私もアリスターも少しずつ心を開いたのだが、だからと言ってここまで仲はよくなかった。つまり、私が去った後仲良くなったのだろう。

ウェスターでどのように暮らしているのか、いつか見に行かないといけない。セバスともそう約束したのだから。

セバスで思い出した。レミントンはどうなっただろう。

「くりしゅは？」

フェリシアが忙しいから連れてこられないかもしれない。でも、ギルはこうして城に来ているし、クリスだってお城に来て皆と過ごしたいはずだ。私が呼ばれたのだから、クリスも呼ばれてもいいと思うのだが。

しかし帰って来たのはなんとも気まずい沈黙であった。

「私どもウェスターの者が席を外したほうがいいのならそうしますが」

「いや、ヒューバート殿、その必要はありません」

ランおじさまが、遠慮するヒューを止めた。私はじっとランおじさまを見つめた。もしクリスに何かあったら、お父様がまず私に話しているはずだ。だから、きっとたいしたことはないのだと思いたい。

ランおじさまは、しゃがみこんで私の目を見つめた。

「リア、よく聞いておくれ」

「あい」

おじさまは大きく息を吐くと、話し始めた。

「レミントンがキングダムを出てイースターに行ったのは知っているね」

「あい。くりしゅとふぇりちあ、もどってきた」

「そうだ。四侯がそんなことをしたことは今まで一度もない。だが、四侯を裁くことはできない。だからレミントンは、キングダムに二度と帰ってこられないことで始末をつけた。だが、そこにイースターの暴挙だ」

まったくひどい目に遭ったものだ。

「リアとニコの機転のおかげで民は守られた。ありがとう」

貴族としての義務を果たしたまで。私はふんと胸を張った。謙遜はしない。

ランおじさまは私を見て少し笑みをうかべ、また真面目な顔に戻った。

「その結果、もはや四侯だからレミントンは裁けないとは言えない状況になった。わかるだろうか」

責任がないどころか、おそらく城の内部の詳細を知らせたのはレミントンだろう。というか、アンジェリーク・レミントンその人しかいない。実際、犯人たちはそういう会話をしていたと思う。

「煉獄島を復活させるかという話もあった」

「殿下。煉獄島の話は」

お父様が口を挟んだ。ウェスターに聞かせていいのかということと、私のような小さい子どもに言うべきではないのではないかということだろう。だが煉獄島そのものに行き、虚族を見た私に気を使っても仕方がない。

「よい。虚族が生活の一部になっている国に対して、取り繕っても仕方のないことだ」

夜、外に出れば虚族に出会い、命を失う。辺境はそういうところである。

「リアは現に見た。そうだな？」

「あい」

その通りである。ランおじさまは話を続けた。

「レミントンそのものをなくしてしまうという案も出た。しかし、王家にしても四侯にしても、このまま安定して魔力の大きいものを輩出するとは限らない。その中で一侯をなくしてしまうのはなんとも惜しい。だからどうしたらいいか」

どうしたらいいかとは、どういうことだ。

「まだ話し合いの結果が出ていないんだよ。そのためフェリシアとクリスの処遇も定まっていない。リスバーン預かりで、今のところほぼ幽閉状態にある」

「しょんな」

それこそ子どもには聞かせないでほしい情報だった。クリスは状況が落ち着くまで来られないというだけでよかったではないか。

「悲しい顔をするな。そなたにはちゃんと話しておいたほうがいいと思った。それに、フェリシアとクリスについては悪い結果にはならないだろう」

ランおじさまは、フェリシアとクリスについてはと言った。幼児はその先は考えるべきではない。

私は両手を体の横でギュッと握って、何も気づかなかったふりをした。

「ギルも俺たちも屋敷では相手してるから、寂しい思いはしていないぞ」

「あい。ありがと、ありしゅた」

それぞれの家族でお昼へと向かう中、アリスターがそっと教えてくれた。リスバーンはそういうお家だ。私は感謝して前を向いた。きっとすぐに会える日が来る。

オールバンスって《アリスター》

リアがお昼寝するのを静かに眺め、起きてひとしきり遊んだ後、リアが竜車に乗るのを見送った。

「さ、俺たちも屋敷に帰ろう」

「ああ」

ギルに肩を叩かれて、一緒に竜車に乗り込む。手を振るニコラス殿下は、すっかり元気を取り戻していた。朝会った時のお利口な姿も嘘ではないだろうが、リアと一緒に遊んでいる姿が本来の殿下なんだろう。心配したというのも少しおかしな話だが、子どもらしくない子どもは気にかかるんだ。だってリアがそうだったからな。

あの時は俺たちが守ったつもりだったけど、子どもを育てたことのない俺たちが失敗しないはずがない。今思い返すと、結構危ないことをさせてたんだなと冷や汗が出る思いがする。毎日一緒に狩りに行って、虚族を見せていたなんて言えない。いや、オールバンスの家での聞き取りで結局全部言わされて、俺たち全員、冬のような空気のもとでぶるぶる震えるしかなかったくらいだ。

リアの父さんも兄さんも、怖すぎるんだよ。あの透き通った淡紫の目で無表情にじっと見つめられたら、すみませんでしたって頭を下げたくなるだろ。

なんでその娘が陽だまりのようなリアなのか、不思議でたまらない。

リアの父さんとはウェスターとの境界で、リアと別れた時に一度会ったっきりだった。その瞳に俺たちは一瞬だけ映ったが、それは草原の草や何かと変わらないものを映すのと同じで、ああ、貴族って本当に庶民には興味がないんだなと感じた。もちろん、リアを助けたことでもらった褒美は破格のものだったし、感謝してくれていたんだろうと思う。それでもリアを大事にしていることが伝わらなかったら、リアを渡さないと思うくらいには冷たい視線だったのを覚えている。

そこから半年以上たったある日のことだ。いつもより深刻な顔をしたヒュー殿下に呼ばれて、極秘事項だと念を押されながら、キングダムの王城がイースターに攻められたことを知らされた。

「リアは！」

「無事だ。だが、相当つらい思いをしたらしい」

その話は思っていたよりずっとひどかった。例の第三王子に結界の間を確保されてしまったが、たまたま城にいたリアは、小さい王子と一緒に何日も隠れ、捕まらずに結界を維持し続けたのだと。

「信じられぬ気もするが、あの者ならやりそうだという気もしている」

ヒューの言葉に、自分はリアがそうしたということを一瞬も疑っていないことに気づいた。

それに実は何かがあったことは俺たちも気づいていたんだ。魔力のあるものは皆何かしらの異変に気づいただろう。ハンターならなおさらだ。

だって、たった一日だったけど、領都まで結界で覆われた夜があったんだから。どこまで結界が広がったかわからないけど、少なくとも領都付近では虚族が一体も出なかったと聞いた。つまり、キングダムの結界絡みで何かがあったんだろう。

それがリアがつらい目に遭った結果だとしたら、ただただ、無理をしていないかということだけが心配で、すぐにも側に行ってやりたいと思った。

だがもう終わったことだとヒューは首を横に振った。

「お前たちには別のことを頼みたい」

俺はバートたちと緊張して視線を交わし合った。厄介ごとの気配がする。だからこそ、ヒューにこう言われたとき、すぐには返事ができなかったんだ。

「キングダムが、イースターに侵攻することになった。報復措置だな」

中身を飲み込むのにちょっと時間がかかったけど、仕方がないと思う。戦争なんてずっと起きてないんだから。

「ウェスターはキングダムの側に立つ」

その一言は衝撃だった。キングダムと辺境三国。そういう対立の図式だと思っていたからだ。

「イースターに味方しても利はない。ウェスターはファーランドともほとんど交流もない。キングダムが結界を維持して安定してくれていたほうがウェスターにとってはいいんだ。イースターに入ることはしないが、国境際でオールバンス侯の護衛に入ることで、ウェスターの立ち位置を示す予定だ」

俺が返事をためらっていたのは、あの人の印象のせいだ。俺たちに護衛されて本当に嬉しいのかと思った。バートたちは確かに優れたハンターだが、虚族から守る護衛としてなら、俺たちよりベテランはいくらでもいる。

「いいぜ」

でも中身を理解したら、バートたちには迷いはないようだった。バートは気軽に引き受けたし、ミルもキャロもクライドもむしろ楽しそうだ。

「俺たちでいいのかな」

「なんでだ?」

バートが不思議そうだ。

「だって別に俺たちである必要はないだろ。もっとベテランのハンターもいる。それに俺たち、あの人にあんまり好かれてないんじゃないのか」

あの時そんな気がしたんだ。リアの兄さんだって最初は俺にちょっと態度悪かったたし。というか最後まで悪かった。

「ああ、リアの父さんなあ。好かれてないっていうか、俺たちなんてどうでもいいってのが正しいだろうなあ。ハハハ」

ミルが笑い飛ばすけど、面白くなんかない。ぶすっとしてる俺にキャロが言った。

「俺はさ、向こうが俺たちをどう思ってるかはどうでもいいと思う。リアの父さんなんだろ。俺たちが守ってやったら、リアが喜ぶ。それでいいんじゃねえ？」

俺はハッとした。リアが喜ぶ。確かにそれで十分なんだ。

「さーて、キングダムだ。どんなとこだろうなあ」

「ばーか。俺たちはトレントフォースに住んでたんだぜ。結界の中なんて経験済みだろ」

ミルとバートの相変わらずのやり取りにもドキッとした。

なんで忘れていたんだろう。俺たちはウェスターの領都に来ているけど、もともとウェスターの端っこのトレントフォースにいて、キングダムの結界の恩恵にあずかっていたじゃないか。リアとしばらく離れている間に、また前みたいないじけた考え方に戻っていたのかもしれない。

だから俺も顔を上げて、迷わずキングダムに行くことにしたんだ。

キングダムと言ってもイースターの国境沿いだから、途中大きな町なんてほとんど通らなかった。

ユーリアス山脈の横を抜けていく感じなんて、ウェリントン山脈沿いで暮らしてた俺たちにとっては故郷に帰って来たのかと思うほど馴染みのあるものだ。それでも夜に虚族の出ない生活は不思議なものだった。

急ぐ行程のため、ヒュー王子がいても時には野宿もしたが、町に泊まった時には、バートが必ず建物を丁寧に観察していた。

「やっぱりどこの建物もローダライトを使ってはいないんだな」

「結界があるんだから必要ないんだろ」

そうはいっても夜になると虚族を警戒することに慣れた体は、夜になっても人出が変わらない町の様子に背筋が寒くなるんだとバートは言っていた。

「建物はさ、昨日今日建てられたもんじゃねえ。何百年も虚族の出ない状況が当たり前だから、こんな油断したつくりになってるのさ。そんな生活を当たり前のように支えてるリアの父さんはやっぱりすげえな」

確かに、結界を作っているのはキングダムの王と四侯だ。

「四侯だって毎日魔石に魔力を注いでるわけじゃねえんだろ。けどな、たった一日だ。たった一日でも結界がなかったら、そこのユーリアス山脈からどれだけの虚族が押し寄せると思う。それを五人で防いでるんだぜ。それってすごいことじゃねえのか」

その話を聞くまで、俺はわかっていなかった。ずっとキングダムにいて、その後トレントフォースにいて、結界の恩恵にずっとあずかって来たのに、それを支えているのがたった五人だということが。

そしてその一人があのリアの冷たい瞳の父さんなんだ。

「お前の兄さんもだぞ」

「それはちょっとまだいろいろ納得できてないんだ」

その話はいいとして。

リアの父さんってことだけじゃなく、結界を、つまりリアたちを守る手伝いなんだって思ったら、がぜんやる気が出てきたってわけだ。

キングダムをゆっくり堪能する間もなく南からそのまま北上し、目的地にたどり着いたら、キングダムの軍はとっくにイースターに侵攻していた。国境際には、どこかで見たような光景があった。

「足を組んで椅子に座ってら。まるで自分のうちにいるみたいにさあ」

「あの時と同じじゃか。さすがリアの父さんだな」

ミルとバートが苦笑している。

リアの父さんはウェスターからの俺たち一行に気づくと、護衛に囲まれた椅子からゆったりと腰を上げ、歓迎の意を示してくれた。俺たち一行って言っても、メインはヒューバート殿下と殿下が率いるウェスターの精鋭部隊だ。俺たちはおまけの、万が一の虚族対応部隊だから、遠慮がちに後ろの方にいた。

けど、挨拶が終わってしまうと、その目は俺たちのほうにまっすぐ向けられた。視線が合うとかすかに頷き、指先がわずかに動いたと思ったらゆっくり向こうに歩き始めた。思わず付いていきそうになったくらいだ。

「俺たちのこと覚えてたみたいだな」

「やべえ、なんか嬉しい」

バートたちがリアみたいにキャッキャしてて笑い出しそうになる。そんな気楽なことでいいんだと思うと、緊張していた自分が馬鹿みたいだ。

と思うと、リアの父さんは立ち止まってこちらに振り返った。

「遅い」

一言言うとまた歩き出す。

「おい、俺たちに付いてこいって言ってるんじゃないか？」

キャロの一言に慌ててぞろぞろと付いていったんだ。だが、途中でバートとクライドが走り出した。

「おい、そこまでだろ」

本当にぎりぎりの国境際にいたから、少し歩いたらもうイースターだった。その国境をリアの父さんは平然と越えようとしたんだ。

「たしか四侯は、国境を越えちゃいけないんじゃなかったのか」

リアの父さんより一歩前に出て、片手で止めながらバートが言った。

「ふむ」

遅れて俺たちも追いつくと、リアの父さんは顎に手を当ててイースターのほうを見ていた。

「では、私がそれでもこのまま進みたいと言ったらどうする」

俺たちよりさらに遅れて付いてきた警護の者たちが色めき立ったが、父さんは無視してバートを見ている。バートは困ったように頭をかいた。

「その時は、まあ付いていくよ。俺たちは、あんたの護衛にきたんだからな」

「貴様！　辺境のハンターの分際で！」

怒鳴ったのはリアの父さんじゃなくて、警護の者たちだ。だがバートは肩をすくめた。

「少なくとも、今俺たちが止めなかったらリアの父さんは国境を越えてた。俺たちは辺境のハンターだけど、止められなかったあんたたちよりはましだな」

「な、なんだと！」

怒りにものも言えないって感じの警護の人たちとは対照的に、警護の人の相手になっているバート以外の皆はさりげなく周りの確認をしていた。まだ昼だから虚族はいないが、人やラグ竜、そして竜車の配置、地形なんかはとても大事だからな。

「ハハハ。愉快だな」

突然リアの父さんが笑い出した。表情のない顔しか知らなかった俺は驚いて口をぽかんと開けてしまったくらいだ。もっとも、警護の人たちも驚いているから、やっぱり普段は笑ったりしないんだろう。

「今日は私もおとなしくしていることにするから、お前たちもゆっくり休むがいい。ああ」

リアの父さんはまるで今気がついたかのように俺に近づくと、俺の肩をぽんと叩いた。

「口を閉じたほうがいいぞ。アリスター」

「う、うん」

今俺のことをアリスターって呼んだ。口は閉じたが、よほど驚いたような顔をしていたんだろう。

「ハハハ。リアは元気だぞ」

面白がって笑い飛ばすと、さっきまで座っていた椅子に戻っていった。

警護の人たちも俺たちをひとにらみするとぞろぞろと戻っていく。

俺の背中を、今度はバートがぽんと叩いた。

「俺たちのこと、ちゃんと覚えてた。好かれてないなんて、アリスターの思い込みだったみたいだな」

「うん」

ちょっと嬉しくなって、その時はいい人かもしれないって思った。リアのことも知らせてくれたし、さすがリアの父さんだなって。

しかし、次の日、それはあっさり覆された。

「いや、あんたちょっと待て」

「気にするな」

「気にするって。なんでさっさと国境越えてんだ。護衛隊が大騒ぎだぞ」

「国境を越えた？　なんのことだ。たまたまこっちに歩いてきただけだ」

バートとのそんなやり取りが毎日のように繰り返されるようになったからだ。

虚族も敵兵もいない、街道だけがまっすぐに通っている草原で、確かに目に見える国境はない。

国境を越えられないのは四侯だけでなく、警護の人、つまり護衛隊も同じのようで、あっさりと決まりを破るリアの父さんに右往左往していた。

「そういうとぼけたとこ、ほんとリアにそっくりだ」

思わずそう言ったら、

「ほう。そんなにか」

と嬉しそうだったので、俺は言ってやったんだ。

「でも、リアはもっとお利口だったぜ」

「ふむ」

リアの父さんはほんの少しだけ口の端を上げた。

「では覚悟するといい。大きくなったリアはこうだとな」

「そんなの嫌すぎる」

がっくりした俺を見て、リアの父さんはまた面白そうな顔をした。

オールバンス侯と対等にしゃべる俺たちには、

「下賤の者が」

と陰口をたたく人もいたけど、それは俺の瞳を見るまでだった。町で庶民の間で暮らしていた時は邪魔にしか思えなかったこの夏空の瞳は、貴族の間ではものすごく価値があるものだと改めて感じた。

「見世物みたいだけど、それでご飯が食べられるなら気にしない」

リアの言ったことを思い出す。

リアの父さんはもっと何にも気にしてなくて、四侯の義務も権利も当たり前のように受け止めていた。なんでこんなとこでぼんやり椅子に座ってるのかと思ったが、イースターから戻ってくる部下の案件を即座に判断して戻らせる。キングダムの王都から来た使者に対してもそうだ。

つまり、キングダムの王都とイースターの真ん中にいて、時間のかかる案件の処理を一気に任されているということらしい。

わがままな振る舞いも含めて、仕事のできる男って感じでめちゃくちゃかっこよかった。

キングダムに来たという経験だけではなく、イースターを見られたってことも俺にとってはよかった。開けた草原の広がるここは、夜になってもあまり虚族の姿は見られなかった。

俺たちが警護する意味があるのかって思うくらいに。それに、リアの父さんは自分で小さい結界箱をちゃんと持ってるんだ。内緒だけど、夜に結界箱を懐に入れてふらふらと歩くリアの父さんについてイースター側にも何度も行った。

その時思ったんだ。つまり、イースターはウェスターに比べて虚族が少ない、だから結界の恩恵について意識が低いんじゃないかなってさ。

たった一度の油断で命がなくなるのがハンターだ。楽なように思えても、護衛も当然油断してはならないから、リアの父さんの仕事が終わってキングダムに戻ることが決まった時は本当にほっとした。

それはイースターが負けたってことで、ウェスターの民としては、キングダムの強さ、怖さを思い知った瞬間でもあったけど。でも、リアの父さんを無事にリアの元に返せるという気持ちのほうが大きかったんだ。

そしたら、思いがけないご褒美が用意されていた。

「俺たちも王都に行けるの？」

ヒューが重々しく頷いた。

「やった！　リアに会える！」

「だなあ。よかったな、アリスター」

ニヤニヤしているバートだって本当は嬉しいはず。

「王都かあ。華やかだろうなあ。ウェスターに来てくれる女の子とかいないかな。都会に疲れたとかさ」

キャロの言葉にクライドが無言で首を横に振った。

「虚族の出てくるところなんて来てくんないよな。俺たち稼ぎはいいのになんでもてないんだろうな」

キャロもクライドもなぜだかわからないというように腕を組んでいる。

「もてるかもてないかじゃないんだよ。まず、自分が大事にしたい女の子を見つけないとならないんだ。そっちが先だよ」

俺があきれて指摘すると、四人とも驚いた顔をした。ミルはともかくとして、バートもかよと力が抜けそうになる。

「そうなのか?」

「そうなの。もてたいとか、待ってるだけじゃだめなんだよ」

少なくとも、周りを観察した結果はそうだ。

「し、師匠」

「やめてくれ」

もてるコツを聞こうとするより、まず相手を自分で探してくれよと思う。

そして俺はリアに会いに、皆はついでに出会いを求めて、王都に行くことになったんだ。

大きくなったかな、リア。

第五章

後ろ姿

ニコを励ますためにお城に行ってから数日後、お父様が暗い顔をして帰って来た。その日は大人たちが用事があるということで、ニコのところにもいかず、アリスターたちとも会わず、兄さまとお屋敷で静かに過ごしていた。

皆で夕食を済ませると、お父様の執務室に呼ばれた。いつもお仕事の時はお父様の癒しとして執務室に強制的に連行されるから、私にとっては遊ぶ部屋のようなものなので、きちんと呼び出されるのは不思議な感じがした。

私は兄さまと手をつないで、お父様の執務室のドアをノックした。

「入れ」

お父様の声に、私と兄さまは顔を見合わせて頷き、ドアを開けた。お父様は机の向こうに座っていた。私たちはまるで叱られる子どものように心もとない気分になって、手をギュッと握り合った。

「リア、ルーク、とても言いにくいことだが」

「あい」

「はい」

「二歳の子に理解はできまい、という考えがリアには当てはまらないことはわかっているが、しかし」

「おとうしゃま、りあ、ちらないほうが、ちゅらい」

私はお父様をさえぎり、一言一言、ゆっくりと話した。きっとよくない話なのだろう。クリスの顔が頭に浮かんだが、私は話を静かに待った。

「レミントンの処遇が決まった」

やはりその話だったか。お父様はあえて静かに話しているようだ。

「現当主レミントン夫妻は生涯幽閉。レミントンは四侯から格下げ。家名は残し、フェリシアが跡を継ぐ。フェリシアを含め三代、何も問題を起こさなければ四侯へ戻す」

私と兄さまは、詰めていた息を大きく吐いた。この処罰がどのようなものか、公平なものなのかどうかもわからないが、とりあえずフェリシアは無事なのだ。ということは、おそらくクリスも今まで通りに暮らすことになる。

もちろん、一生両親には会えないし、生きているとはいえ、幸せとは言えない状況に両親がいることはクリスやフェリシアにとってはつらいことだろう。

だが、今回のイースターの襲撃では、王族や四侯こそ傷つけられはしなかったが、城を守る兵には死傷者も出たという。

もし、結界を張らせないというイースターの作戦が成功していたら、どれだけの人が虚族に襲われて亡くなったか見当もつかない。国家に大きな損失を与えた罪は大きいのだ。

正直なところ、幽閉で済ませてよかったのかとは思う。

「フェリシアやクリスには申し訳ないと思いますが、でも、事態の大きさからいって、それでは罪が軽すぎるという声は出なかったのですか」

兄さまが、頭には浮かんだが表には出さなかった疑問を口に出してくれた。が、兄さまはハッとして私の手を離して、ドアのほうにそっと体を回そうとした。

「クリスやフェリシアのことがわかればリアには十分でしょう。リアはここから先は外に出ましょうか」

「でない！」

私は抵抗した。お父様だって、ちゃんと話を聞かせてくれるためにこうしてここに私を呼んだのだ。

「リア、聞き分けのないことを言わないで」

「りあ、ききわけない！　おとうしゃま！」

私はお父様のほうを必死で見た。お父様はため息をついた。

「ルーク、仕方がない。リアがつらい思いをしたら、私たちが支えればいい」

「……わかりました」

兄さまは引き下がったが、机の前ではなく、ソファへと私を連れて行き、二人で並んで腰かけると、私の背中に手を回して引き寄せた。

お父様も机の後ろから出てきて、私たちの前に膝をついた。最初からそうすればいいのに、机の前で型どおりにしなければならないほど言いにくいことだったのだろう。

「前にランバート殿下が、レミントンを煉獄島に行かせるという話もあったと言っていただろう」

私たちは頷いた。

「だが、そうしてレミントンの一人を失わせるのと、どこかに閉じ込めて魔石に魔力を注がせ続けるのと、どちらがキングダムに利があるかという判断なのだよ。公正に裁くというよりも、実利を取ったということになる」

結界を維持するということを第一に考えるのなら、もちろん魔力を優先する。

「しかし、今まで味わった贅沢ができるわけではない。死ぬまで魔石に魔力を注ぎ続けるだけの人生であっても、ましだと言えるかどうか」

お父様は首を横に振った。

「正直なところ、国家が転覆しかねなかった。これが他の貴族がやったことなら、死罪の上家の取りつぶしだ。だが、それほど四侯の力は大きい。そして、なにより、民に、四侯が容易に裁ける存在だと思わせないことのほうが大切なんだ」

要するに、四侯を軽く見られないようにということなのだろう。

「幸い、民の関心はイースターを併合したことに向いていて、レミントンの裏切りにはそれほど向いていない。王家と四侯、いや、これからしばらくは三侯になるのか、は粛々として魔石に魔力を注ぎ、結界を維持し続ける。そういうことだ」

「よんこう、どうぐみたい」

「その通りだ、リア。その通りなんだよ」

お父様は膝をついたまま、私と兄さまの腰に手を回した。

「我らはただの道具に過ぎない。若い頃からずっとそう思って来た。結界に魔力を注ぎ、キングダムに縛られるだけのただの道具だと。生きていることになんの意味があるのだと」

お父様の血を吐くような告白だった。

「そんな心持ちでいたから、投げやりに生きていたから、ルークの母親のダイアナを幸せにすることもできなかったのだと今ならわかる」

おや、少し話が飛んでしまった。兄さまはなんと言っていいかわからないという顔をしているが。

「だが、民を見れば、仕事に縛られずにすむものがどれだけいるというのだ。自由にウェスターを動き回るあのハンターの若者たちでさえ、生活するために虚族を狩り、昼間の生業に余念がない。貴族を見ればどうだ。領地の管理だけではない。うちと同じで商売をしている者もいるし、家を維持し大きくしようと必死だ」

お父様は顔を上げて、私たちを交互に見た。

「その誰が、国の外に出られないからと言って嘆いている？　おそらく、大半の者がキングダムの外に出たいなどと思ったことはないだろうし、思ったとしても金銭的にも難しい。有り余る富と特権を湯水のように使い、最大一〇日しか王都を離れられぬと騒ぐ愚か者、それが私だ」

「お父様……」

「おとうしゃま」

お父様はそんなふうに言っているが、毎日毎日城に通い、時には残業もして国のために頑張って働いている姿を家族である私たちは知っている。そんな中で息苦しく、自由になりたいと思うことの何が悪いのだ。

「おとうしゃま、ちゃんとおちごと、ちてる」

「そうです。いくら心に不満を抱えていても、国のために四侯のすべき仕事は欠かさずやっているではないですか。その何が悪いというのです」

お父様は私たちの膝に顔を埋めた。

「怖いんだ。いつか私も、不満をこじらせて、アンジェのようになりかねなかったのだと思うと」

私はそっとお父様の頭をなでた。兄さまもおそるおそるお父様の頭をなでている。

「だいじょうぶ。りあとにいしゃまがいりゅ」

「そうですよ。私たちがいるではありませんか」

「裁きの場でアンジェは、キングダムなどどうなってもかまわないと言った。少数の犠牲の上に成り立っている平穏など意味はないと……。だが、その平穏の中に家族がいると思うからこそ、その平穏を守ろうとするのではないのか」

ものを考えない人に富と権力を与えるとろくなことはない。私は大きなため息をついた。

「れみんとん、たくしゃんのひとをぎしぇいにちようとちた。じぶんのためだけに」

「その通りだ、リア。自分勝手以外の何物でもないが、それが理解できないらしく、反省の言葉など一つもなかったよ」

お父様は疲れたという顔をした。

「けっかい、いりゃないなら、かえりぇばよかった」

「リア？」

「ぎしぇい、なりたくないのなら、きんぐだむをかえるべき」

イースターに逃げたところまでは理解できなくもない。だが、自分が犠牲になりたくないのなら、他の人も犠牲にしていいわけがないのだ。

キングダムに縛られるのが嫌なら、時間がかかっても、国のあり方を変えていくしかないのだから。

事件はひと段落したはずなのに、部屋には後味の悪さだけが残った。


そのお父様の重い報告を聞いてから数日後のことだった。その間、お父様と兄さまが何やら真剣な顔で相談をし、時折私のほうを見てひそひそと話をしていたのは知っていたが、私は知らないふりをしていた。

何も知らないよりは知っていたほうがいい。だが、知りすぎて心が重くなるのも、身動きが取れなくなるのもいやだ。だったら、聞かないでいるのが一番だと思ったのである。

しかし、お父様は私に話すことに決めたようだ。

「リア」

「あい」

私は聞く覚悟を決めてお父様と向き合った。

「あー。その、レミントンだが」

「くりしゅ？」

「違う」

クリスのことだけ聞きたいなあと思いつつ、黙ってお父様の話の続きを待つ。

お父様はあっちを見たりこっちを見たりしてなかなか話し出さなかったが、最後は覚悟を決めたように私のほうを向いた。

「レミントンが、というよりアンジェが、最後に四侯の皆と顔を合わせたいと言い出してな」

「よんこうのみんなに」

共に魔石に魔力を注ぎ続けてきたお父様たちには、私にはわからないつながりがあるに違いない。

私は神妙に頷いた。

「いってらっちゃい」

「違うんだ」

お父様は慌てたように顔の前で手を振った。

「四侯の血を引くもの全員に会いたいと。幽閉先に行く前に」

最後の別れということだろうか。

「かじょくだけでいいのに。りあはあいたくない」

「その通りだと思う。私なら、それが今生の別れとなるのなら家族だけでいい。だが、それが最後の望みだというのなら叶えようということになった。つまり」

「りあも？」

「そういうことになる。たまたま王都にいるということで、アリスターもということになった」

アリスターには災難としか言いようがない。

いったいアンジェおばさまが何をしたいのか私には理解できなかった。罪を償いに行く自分を見せて何が楽しいのだろうか。私だって、そんな悲壮な場所に行きたくはない。クリスとフェリシアと静かな語らいの時間を持てばいいだけなのに。

だが私は聞き分けのいい幼児である。

「わかりまちた」

付いていって、兄さまとお父様の隣で静かにしていればよい。そう思い、素直に返事をした。

お父様と兄さまに連れられて着いた先は、いつも行っている王城だった。ただ行き先が王子宮ではなく、私の知らない部屋だったというだけだ。条件反射でニコを探したが、よく考えたらニコは四侯ではないのでいるわけがない。

その代わり部屋にはクリスもフェリシアもいた。駆け寄ろうかどうか迷った私に、クリスは勢いよく飛びついてきた。

「リア、あいたかったわ」

「りあも。りあもあいたかったでしゅ」

私たちはぎゅうぎゅうと抱きしめ合った。一方でフェリシアは罪悪感のこもった眼で私を見ているだけである。伸ばそうとする手を押さえるようにぎゅっと握り締めている。自分の母親のせいで私がつらい目に遭ったということを、しっかりと自覚しているのだ。私は大丈夫というように頷いてみせた。

そのフェリシアの後ろには、守るようにスタンおじさまとギルとアリスターが立っている。そうやってみると、この三人は本当にそっくりな色合いだ。おそらく、私とお父様と兄さまも同じようにそっくりと思われていると思うと、こんな時でもなんだか笑い出しそうな気持ちになる。

でもアリスターはそんな家族のもとからすたすたと歩いてきて、私の後ろに立った。スタンおじさまとギルは一瞬寂しそうな顔をしたが、その後苦笑したのは仕方がないと思ったからだろう。

たとえ今、王都のリスバーン家に滞在していて、リスバーンの一員として過ごしていても、アリスターの中では、自分は私を半年育てた保護者という認識なのだと思う。私はひたすらにそれが嬉しかった。兄さまはものすごく不満そうな顔をしながらも、横にずれてアリスターに場所を少し譲った。

そして私に近寄ることをためらうフェリシアの代わりにギルがやってくると、クリスの手を引いてリスバーンのところに連れて行った。

四侯がおさまるところにおさまり、少し居心地の悪い沈黙が続く中、私たちが入ってきたところとは違うドアが開いた。入ってきたのはアンジェおばさまと、その旦那様だ。ちゃんとした扱いを受けていたようで、いつもと変わらぬ服装といつもと変わらぬ態度になんとなくほっとした空気が流れた。

「アンジェ。ブロード」

ささやくような声がお父様の口から漏れ出たのが背中に聞こえた。私は、クリスのお父様がブロードだというのを思い出し、そしてその目がクリスの優しいミルクティー色と同じだということを初めて知った。

「お母さま！　お父さま！」

クリスが駆け寄っていく。さすがのアンジェおばさまもクリスのことをギュッと抱きしめた。

「クリス。元気そうね」

アンジェおばさまはクリスに手を回したまま顔を上げると、リスバーンの方を向いた。

「スタン。ジュリアにも、感謝するわ」

「なんでもないことだ。私たちが大事に育てる」

「ありがとう」

礼を言うとアンジェおばさまは、クリスと違い、自分に駆け寄ろうとはしないフェリシアを少し寂しそうに見つめた。だがその口から出た言葉は、私たちを驚かせるに十分だった。

「フェリシア。なぜ私たちから離れたの」

「お母様……」

フェリシアの声にあったのは驚きだけではなかった。戸惑いと、あきれと、怒りと。アンジェおばさまの言葉は、キングダムを危険にさらしたものとして、あまりに自覚のない、そして反省のない言葉だった。

フェリシアはきっと表情を引き締めた。

「それが正しいと思ったからです。私は、キングダムの民を守るという四侯の責務を、ないがしろにはできませんでした」

「そう。あなたもなの。馬鹿なことね」

なんでもないことのように言い捨てると、アンジェおばさまはクリスに巻いていた手をそっと離し、ブロードという人のほうに押しやった。クリスはお父様にもギュッと抱かれている。

単に別れを惜しむ会にはならない予感がひしひしとした。

「アンジェリーク。なぜ私たちを呼んだ」

ハロルドおじさまが静かに問いかけた。

「なぜ？　別にハロルドにもスタンにも興味はなかったわ」

後ろの兄さまが緊張するのがわかった。アリスターからは戸惑っている気配がする。

「ただ、四侯の血筋と言わなければ、オールバンスの赤子が来なかったでしょうから。いえ、この間二歳になったのだったわね。もう赤子ではなくなったわ」

そう、二歳のお披露目の会に来たではないか。私は前に出ようとするお父様の前に手を出し、その足を止めさせると、両足を少し広げて立ち直した。そして私のほうをじっと見るアンジェおばさまとしっかり目を合わせた。

「かわいくない目ね。最後に、なぜうまくいかなかったのか、もう一度原因を見てみたいと思っただけよ」

私は何も言わず、胸を張って見返した。アンジェおばさまの目は冷たかった。

「お前がウェスターから帰ってこなければ、何もかもうまくいったはずなのに」

「アンジェ！　お前か！」

お父様の激高した声が響く。飛び出そうとしたお父様を兄さまが、そしてマークが止めている気配がする。

「なんのことかしら。私は何をしたとも一言も言っていないわ」

悪いなどと、ひとかけらも思っていない人がそこにいた。

「ただ、その赤子が戻ってこなければ、キングダムからまずオールバンスが最初に欠けたと思っただけよ。初手をしくじった結果がこれね」

私の頭の中では、ウェスターに行くまで、そしてウェスターに行ってからの日々が走馬灯のように流れていった。私は戻って来た。だが、戻ってこなかった者もいる。

「はんな。はんな、もどってこなかった」

「ハンナ？　どうでもいいわ」

「どうでもよくない！　はんなには、はんなのちあわしぇ、あったはず」

誰だって、他の人の人生を奪う権利などない。

「あんじぇ、わりゅいひと！」

「悪いとか、本当にどうでもいいの。私はこんな片言の幼児に負けたのね」

アンジェおばさまは肩をすくめると、何もかもから興味を失ったという顔をした。私は体にこもった怒りのやりどころがわからず、息を荒らげるばかりだった。

「あなた。もういいわ」

アンジェは私たちに背を向けると、ブロードという人にそう言った。

「クリスとフェリシアと、もう少し話さなくていいのかい」

私はこの場に同席しているのに、アンジェ以外どうでもいいというようなこの人のこともとても恐ろしく感じた。私の怒りも、お父様の悲しみも、まるでここには存在しないかのように振る舞えるこの人が。

「べつに」

アンジェの答えを受け、ブロードはそっとクリスから手を離すと、クリスの向きをくるりと変えて、

「さあ、フェリシアのところに行きなさい」

と優しくその背を押した。

「お父さま」

「元気でな」

「お母さ、ま」

アンジェはもう、クリスのことなど見もしなかった。

「お母様！　クリスにもっと話すことがあるでしょう！」

そうだ。私などと話す暇があるのなら、クリスと、フェリシアと話してやってほしい。

それなのに、クリスを見てやってというフェリシアの怒りの声を聞いても、アンジェは肩をすくめるだけだった。

「話などないわ」

フェリシアの目が絶望に染まった。

「もう行く道は違ってしまったの。あなたたちは、あなたたちの道を行きなさい」

しかしフェリシアはその絶望にのまれたりはしなかった。クリスと二人、父親と母親の前に立った。

「お母さま、お父さま」

クリスは呼びかけ、ミルクティー色の瞳を両親に向けた。その後ろではフェリシアが、クリスを支えるように背中に手を当てている。その子どもらしからぬ静かな声に、アンジェおばさまも思わずク

リスに目をやった。

「おからだを、たいせつにしてくださいませ」

きちんと練習してきたのだろう。クリスは今の自分の精一杯を見せるかのように、膝を折り丁寧に礼をした。最初に会った時のぎこちない礼が嘘のように、きれいなものだった。

後ろでフェリシアも静かに礼をする。

「ああ、大きくなった」

優しい父親だとクリスが言っていた。思いのこもった一言だった。

アンジェおばさまは、クリスとフェリシアの礼をじっと見つめ、何かを諦めたかのようにふっと口元を緩め、それはそれは美しい顔で微笑んだ。

「自由に生きなさい」

未練などひとかけらも残さない。それが伝わるような勢いで裾を翻すと、そのままドアに向かった。振り返りもせずに出ていくアンジェの後を付いて出ていこうとしたブロードという人はふと立ち止まると振り返った。

「フェリシア。クリス。愛していたよ」

「ブロード」

頷くのが精一杯のクリスとフェリシアの代わりであるかのような、振り絞るようなハロルドおじさまの問いかけだった。

「なぜアンジェを止めなかった」

「私だけは」

ブロードという人の声は、変わらず静かで優しかった。

「いつでもアンジェの味方でいたかった」

それが犯罪でも、娘を大事にしないことでもなのだろうか。それを愛と呼べるのだろうか。ブロードはクリスとフェリシアに微笑みを見せ、そうしてドアから出ていった。

「最後まで、身勝手な……」

皆が呆然とする部屋に、ハロルドおじさまの声だけが響いた。

「リア！　大丈夫ですか」

兄さまとアリスターが私の前に膝をついた。私はどうすることもできない悔しさでぷるぷると体が震えていた。

「リア。ハンナって、あの子のことだな。リアをかばって死んでしまった」

四侯の皆にとっては、私がさらわれて無事に帰って来た、それだけの事件だろう。だが、それに巻き込まれて死んだ者もいる。住むところから逃げ出さなければならなかった者もいるのだ。

何もなかったら、きっとハンナは今でも笑顔で屋敷を明るくしていたに違いない。毎日一緒に庭に虫を探しに出ていただろう。何もなかったら。でも。

私は涙をぐっとこらえた。きっと変な顔になっていたに違いない。

私にはお父様がいて、兄さまがいて、会おうと思えばいつでも会えるのだ。今泣いていいのは、私ではない。クリスとフェリシアである。

二人は、父親と母親が出ていった扉をずっと見ていた。見ていればいつかそのドアがまた開くかもしれないというように。

「もう、あえないのね」

「ええ」

生きていても、会えない人もいる。本人にとってはそれが自業自得だとしても、残された者たちの悲しみはいったいどうしたらいい。

スタンおじさまが、クリスを抱きしめるフェリシアの肩にそっと手を置いた。

「さあ、戻ろう」

フェリシアはガラスのような目でスタンおじさまを見上げた。

「どこへ？」

帰る家も帰る親もいないのに。隠しきれない絶望に胸が締めつけられる。

「……さあ、立って」

守るように、支えるように、スタンおじさまとギルがフェリシアとクリスの両側に立った。

「あ」

「どうした、フェリシア」

「リアに、謝らないと」

そんなことはどうでもいいのだ。フェリシアのせいでもクリスのせいでもないのだから。

私は変な顔を引き締めて、ふんと胸を張り、腕を組んだ。

「ちゃんと組めてるな」

「あい、もちろんでしゅ」

アリスターと私の声にフェリシアとクリスがこちらを向いた。謝らなくていいとか、気にするなとか、頑張れとか、言いたいことはたくさんあったが、結局口から出てきた言葉はこれだった。

「じゆうに、いきていい！」

これがアンジェの最後の言葉と重なるのはとても悔しかった。けれど、自分を抑えすぎて、他の人のことばかり考えているフェリシアは、母親と違って、どんなに自由に生きても決して人を傷つけたりはしない。だからこそこう言うしかなかった。

「りあ、ふぇりしあとくりしゅの、ともだち！」

二人の母親が何をしたとしても、フェリシアとクリスには関係ない。この私、リアの大事な友だちなのだ。

「ともだち……」

「にこも！　まーくも！　ぎるもありしゅたも！　にいしゃまも、みんなともだち！」

だから気持ちが落ち着いたら、また遊ぼうねと。そう願いを込めた。

「またみんなで集まって秘密基地を作ろうよ。私がスポンサーだからさ」

「マーク」

ひっそりと存在感のなかったマークがここぞとばかりに発言した。お財布としての役割をちゃんと自覚しているようだ。

まだぼんやりしているクリスには、きっとフェリシアが話してくれるだろう。私たちが城でいつまでも待っていることを。

フェリシアはなんとか口元に笑みを浮かべると、何も言わず一礼し、スタンおじさまとギルと共に先に部屋を出ていった。

「くそっ！　私は！　私はずっとアンジェの本性を見抜けないままだったのか！」

お父様の悔しそうな声がしたが、それはその通りなので励ますこともできない。もう終わったことなのだから、もう気にしてもしようがないのだ。もう終わったことなのだから。

「リア」

アリスターが私の震える右手を握った。

「リア」

兄さまが私の左手を握った。

「もう、我慢しなくてもいいんですよ」

「あい。あい。ぶえ、うわーん！　はんな！」

もう終わったことだけれど。これで最後にするから。


これで最後にすると言って何回泣いているのか。あの後反省した私は、言い訳しないで、子どもだから何度でも泣けばいいのだと割り切ることにした。我慢するから大泣きする羽目になるのだ。

そのまま幽閉されるはずだったアンジェは、その後私の誘拐容疑で改めて追及されることになったが、何も答えることはなかったらしい。私に言った言葉も、単なる恨みごとであって誘拐の証拠にはならないという結論であった。

キングダムの結界を揺るがそうとした罪に比べたら、おまけのような扱いであったことにはちょっと納得がいかないが、だとしても償いがこれ以上重いものになることはないのだろうし、もうどうでもいいというのが本音だ。

実際、そういう結論になるだろうと思っていた私は、お父様のように悔しがりはしなかった。お父様は私がさらわれたこともだが、自分の見る目がなかったことも悔しいのだろう。だが、それに関してまで、私は思いやろうとは思わない。お父様が微妙にポンコツなのは確かなので、この先少しでも人を見る目が育てばいいなと思うばかりである。

そんな私だが、夏休みも終わりという頃になってようやっと町に出ることができた。しかも夜の町である。もうすぐアリスターたちが帰ってしまうので、しぶしぶとだが許可が下りたのだ。しかし、お忍びにしては人数が多い。

それは私の前にいる、金色の髪に金色の瞳のやんちゃな子どものせいである。

「にこ、どうちてここにいるの」

王子様がいたらそれは警備は厳重になるに決まっている。

「うむ。ちちうえがさいきん、ようやっともとのちちうえにもどってな」

それはそれで、好奇心が強すぎる人が戻ってきて迷惑だなと思う私は、ちょっと冷たい幼児だろうか。

「これからのおうぞくは、ひらかれたものでなければならぬとえらそうにいうから、それならばリアたちがまちにいくのにわたしもついていきたいと、すかさずおねがいしてみた」

「にこ、さしゅが」

そのタイミングで頼まれたら断れなかっただろうと思う。そして微妙にニコの父親に対する評価が下がっているような気がしないでもない。

ニコが付いてきたせいで護衛が多いため、せっかく庶民風のアリスターやバートたちと一緒にいるのに、目立つことこの上ない。ましてや夏の夜なのにフードをかぶっている幼児が二人もいるときては、注目されるのも当たり前かもしれない。

「護衛も多けりゃいいってもんじゃねえ。町中では数が多いと機動力に欠けるってのに」

「はんす、しじゅかに」

口うるさい護衛もやっと戻ってきてくれた。戻って来た時はさすがに疲れ果てて、軽口をたたく余裕もなさそうであったから、こうしてぶつぶつ言えるようになったということはかなり回復してきたということなのだろう。

「ほんとのことでも、いっちゃだめでしゅ」

「リアのほうが厳しいよなあ」

がははと笑ったのはバートだ。そんなバートにハンスは興味深そうに挨拶している。

「あんたがバートか。話は聞いてる。俺はリーリア様の護衛、ハンスだ」

「俺はハンターだから、人を守ったりするのは苦手だけど、よろしくな」

「そうはいうが、その身のこなし、目の配り方、王家の護衛よりよほど……」

「しっ。しょこまででしゅ」

主として、護衛の失言は止めねばなるまい。私は腕を組んで胸を張った。

「ああ、リア様、そんなにそっくり返ったら倒れちまう」

「たおれましぇん」

まったく一言多いのである。

そうしていかにも怪しい一行は、夕方から待機し夜になるのを待っているところなのだ。

薄く残っていた日の光は次第に闇にのまれていくように思えたが、町の街灯が店の人によって一つ一つつけられ、夜の闇を追い出していく。ウェスターならそのころにはほとんど人影はなかったし、わずかに残った人々は追われるように足早だった。

「人が減らないどころか、むしろ増えてやがる。ほら、あそこの角を見ろよ。今から店を開くんだぜ。何度見ても背筋がひんやりするのが止められねぇ」

バートの顔は恐ろしいほど真剣だった。映画を見ているような心持ちで町を眺めていた私と違い、バートやミル、キャロ、クライド、そしてアリスターもまじめな顔をして町を眺めている。

「けど、町行く人の顔を見てみろよ。俺たちの町の夕方と同じ、仕事が終わってほっとしている顔もいれば、ほら、これからみんなで集まって何かやるんだろうか、楽しそうな顔の人もいる。なんて明るいんだろう」

何度見てもと言った通り、初めて町に出てきた私とは違って、バートたちはしょっちゅう町に出ているようだった。辺境住みの人たちが王都まで来るのは本当にまれなことらしい。ちょっとだけうらやましいと思ったけれど、この機会を十分に生かしてほしいとも思うのだ。

「ってわけで、俺たちはけっこうあちこち歩いてみたからな。今日はリアに付き合ってやるから、行きたいところを言ってみな」

バートに言われて、一生懸命考える。

「かんがえるまでもなかろう。リアのためといったら、てまえからじゅんばんに、たべもののあるみせをまわっていけばいいのだ」

「あんた、わかってるな！」

バートがハハッと大きな口を開けて笑いながら、ニコの背中をバンと叩いたものだから護衛が一瞬色めきたったが、私とハンスはうんざりと首を横に振るしかなかった。

「ちっかくでしゅ」

「なぜですか！　リーリア様！」

私に聞かれてもちょっと困るのだが。ハンスに聞けばいいではないか。それでも説明してあげた私、えらすぎる。

「ひとちゅ。たたかれてから、おおさわぎちてもおしょいから」

「ぐぬぬ」

「ふたちゅ。おちのびなんだから、いちいちさわがない。めだちましゅ」

私の言葉に護衛の人たちは居住まいを正した。

「はっ！　たしかに。精進します」

「あい」

「「ブッフォ」」

いつの間にか、ニコを守るアドバイザーになってしまっているではないか。はい、そこ、笑わない。笑う人がハンスだけでなくパートまで加わって困ったものだ。

話が進まないなか、ニコがそろそろいいかなという顔をした。

「では、まずあそこのいいにおいのするやたいにいってみようではないか。けむりがでているが、あれはたきびというものではないのか？」

いいタイミングである。ミルス湖で魚を焼いた時のことを思い出しているに違いない。やはり、野外学習は大事なのである。私は一人頷き、それから鼻をひくひくさせた。

「このにおいからしゅると、おにくでしゅね。いってみよう！」

「にくか！　さすがだなリア。よし、いこう！」

ニコと手をつないで駆け出せば、その勢いにフードなどすぐにはずれてしまう。

「おや、お城の王子様じゃないかい」

「おつれは、なんとまあ紫の瞳だよ！」

たちまち正体はばれてしまい、遠巻きにだが大人気である。

「あーあー、リアがもうよちよちしなくなっちまって、俺たちはいったいどうしたらいいんだ？」

「手間がなくなって、前より一緒にできることがずっと増えるってことだろうが。ほんと残念な奴だよな、ミルは」

後ろでバートたちが何か言っているが、気にしない。

「ほら、やっぱりおにくだ！」

鉄板のうえで小さいお肉がじゅうじゅうと炒められている。しかし近づいたらかえって見えなくなってしまい、そのにおいだけが私たちを引きつける。

「おお！　しかしどうやってたべるのだ」

「なんだい！　ぼっちゃん、じょうちゃん。肉巻きが食べたいのかい！」

鉄板のむこうからのぞき込むようにして、下のほうにいる私たちに店主が声をかけてくれた。

「うむ。ちちうえがこづかいをくれた。これでふたつくれ」

ニコは満面の笑みで頷くと、慎重にズボンのポケットを探り、きらりと輝く大ぶりのコインを手のひらに乗せて背伸びした。

「金貨……」

ランおじさまのすることなどこんなものである。

「たりぬか？　だいたいのものはこれでかえるだろうとちちうえが」

「逆だ。多過ぎんだよ。それにしても父上ときたか。仕方がないよなあ」

店主は一瞬天を仰ぐと本当に困ったようにニコの後ろを見た。お付きの人になんとかしてくれということだろう。いかにも貴族という子どもにどこかで両替してこいとも言えないのはわかる。私もよく考えたらお金を持っていないし、後ろの大人に頼るしかない。

「金貨だと釣りがねえんだよ。困ったな」

「ああ、とりあえずこれでくれ」

銀貨を一枚ポンと出してくれたのはバートだ。

「あいよー。ひとつにつき銅貨二枚だから」

「ふたつでどうか四まい。ぎんかはつまり、どうか一〇まいぶんくらいか。だから、おつりは六まい」

「正解だ！」

さすがニコである。では、金貨は銀貨一〇枚なのだろうか。私ははてなと首を傾げた。ウェスターにいた時もお金は全く触っていなかったので、知らないのだ。キングダムの地理は習っているのに、お金の使い方は習っていない二歳児である。

「リア様、違います」

静かに控えていたナタリーが、私が何も言わないのにいきなりそんな説明を始めた。なぜ考えていることがわかったのだろう。

「銀貨一〇枚で大銀貨一枚に。大銀貨一〇枚で金貨一枚になります」

「しょれなのに、きんかをにこにもたせたの」

「そうなりますね」

銀貨一枚、一〇〇〇円くらいの感覚だとすると、金貨一枚は一〇万円くらいということになる。それはお釣りがなくて店主も困るだろう。あったとしてもポケットから金貨を出したニコがそのお釣りをどこにしまえるというのか。

「らんおじしゃま……」

「うちの王様もなんだかずれてるけど、キングダムの王様もたいがいだよな」

王様などと大きな声で言ったら、ニコの正体がばれてしまうではないか。私はアリスターを黙らせようと焦って周りを見たが、皆生ぬるい視線で見守っているだけだ。そういえばそもそも容姿でとっくにばれていたのだった。

子どもの扱いは慣れているのか、バートがてきぱきとニコの面倒を見ている。

「金貨は俺が預かって最後にちゃんと清算するから、とりあえずそのお釣りと銀貨をもう一枚持ってろ。お子様ならそれでも十分足りるからな」

「りあは？」

「ニコに出してもらえ」

「あい」

一応聞いてみたが遠回しに駄目だと言われた。おごるおごられるということではなく、二歳だからお金の管理は難しいということかと思い、素直に頷いた私である。ニコも同じように頷いて、銀貨と銅貨をぷくぷくとした手でいそいそとポケットにしまっている。

「リアがたべたいものがあったら、わたしにいうのだぞ」

「あい！」

いくらでも言いますとも。しかし、現実は幼児には厳しかった。肉巻きとは、薄めのパンにお肉の

炒めたものを挟んでくるっと巻いたものだったのだ。つまり、

「おなかがもういっぱいだ」

「いっこをはんぶんにしゅればよかった」

ということである。しかし悔しがっていても仕方がないので、次に行くしかない。

「のみものなら、いけましゅ」

「そうだな。なにかさっぱりするものがいい。あれか！」

次は町の角の店だ。さっそく私の鼻の出番だ。

「くだもののにおいがしゅる」

「おじょうちゃん、いい鼻してるねえ。今の時期、秋の果物には少し早いから、乾燥した果物の皮が入っていい匂いのする水だよ。甘くはないけどね」

「うむ。それをひとつくれ」

「銅貨一枚だよ」

店の人は一つでいいのかという顔をしたが、何も言わずに銅貨と引き換えに大ぶりのカップで飲み物を渡してくれた。ニコはカップを慎重に受け取った。

「ほら。こぼさずにのむのだぞ」

「あい」

それをもちろん私に渡してくれるニコ、さすがである。私はカップを両手で持って、ごくごくと飲んだ。

「おいちい！　あい」

半分以上残っている飲み物をニコに手渡すと、

「ああ！」

というお付きの人の声が響く中、ニコはそれをやっぱりごくごくと飲んだ。立ったまま飲むのが駄目なのか、同じカップから飲むのが駄目なのか、ともかくお付きの人の制止は間に合わなかった。

「さっぱりしていていくらでもはいりそうだな！　ほら、さいごはリア」

「あい」

私が飲み干したカップを、ニコがお店に返しに行く。店の人がなんだかニコニコしてそれを受け取った。

「いいお兄ちゃんだねえ」

「おにいちゃんではないが、としうえだからな。わたしがめんどうをみないと」

ニコが当然のように頷いた。私は年下なので面倒を見てもらって満足である。

私はニコと二人でさっきから町を満喫しているが、そういえば他の人たちはどうなのか。ふと気になって後ろを見ると、皆がぞろぞろとついてきているではないか。

「みんな、しゅきにちていいのに」

別に私とニコのために町に来たのではない。特に兄さまとギルは、自分たちだって行きたいところがあるだろうに、なぜニコニコと私たちを眺めているのか。

「俺らは、寮から抜け出してよく来てるから、いてっ！」

ギルに兄さまの肘打ちが入ったのが見えた。

「ギル！　今年学院を卒業するとはとうてい思えないうかつさですね」

兄さまの手厳しい指摘である。

「それに私はギルほど外に出たりはしていませんよ。ええ、ギルほどは」

「俺ほどじゃないだけで出てるんだろ、いてっ」

懲りない男、それはギルだ。私は聞かなかったふりをしてあげることにした。つまり、なんだかんだ言ってみんな夜の町に出たことはあり、町の様子をよく知っているということなのだろう。

楽しそうに夜の街を歩くギルや兄さま、それに、楽しそうにしながらもあちこち観察するのに余念がないバートたちを見ていると、貴族であっても、ウェスターの人であっても、町が、人が好きなんだなというのが伝わってくる。

アンジェおばさまはこんなふうに夜の町に出てきたことがあっただろうか。四侯が結界を維持するために頑張っているから皆が笑顔で夜を楽しめるのだと、実感したことがあっただろうか。

「この笑顔を守りたいと思う人もいれば、この笑顔のために自分が犠牲になっていると思う人もいる」

ハンスがポツリと言った。

「一方でうちのご当主は、正直町の人が笑顔かどうかすら気にしたことはないんじゃないか。それでもちゃんと仕事をする人はする。人なんて、いろいろですよ、リア様」

「はんす……」

「そのせいで、リア様ほどじゃねえが、えらくめんどくさい目にあいましたからね、俺は」

ハンスは結局イースターに行きっぱなしだったのだ。本来はオールバンスに雇われている私兵のはずなのに。

「けど、そもそもどうだったかなんて考えても、過去は変えられねえんです。これからどうしたいかですよ」

「これから」

ハンスは静かな顔で町を見渡した。キングダムの人全部のこれからを考えるなんて、二歳児には大きすぎる課題だ。

ニコが私の腕を引いた。

「とりあえず、これからあそこのやきがしをたべにいこう。ひとつをはんぶんこにすれば、なんとかはいるだろう」

「あい！」

だから、私のこれからはこのくらい先のことでいい。こんなふうに毎日を一生懸命生きていけばいいのだ。元気に食べて飲んで、明日を楽しみに暮らしたら、きっといつも明るいところにいられるだろうから。

夏の終わり、ウェスターからの客人たちは、王都の視察を終えた。その帰り道、アリスターやバートたちだけでなく、ヒュー王子もわざわざオールバンスの屋敷に訪れてくれた。

「ひゅー、またきてね」

「王子の立場でそうそう来られるものか。まだ四侯のリーリアのほうが動きやすいだろう。だから」

ヒューは私の前にかがみこむと、口の端をちょっと上げた。あきれたことに、これで微笑んだつもりなのだ。

「またウェスターに来るといい。来年には、週末に領都に結界を張ってみようという試みが実行に移される予定だからな。立役者のお前がこないでどうする」

「いきましゅ！」

ウェスターの王子様から招かれたのだ。これはきっと社交辞令ではなく、本当に行っていいということなのだろう。ヒューは立ち上がると、兄さまとギルにも真面目な顔を向けた。お父様とは最初に挨拶を済ませている。

「四侯の跡継ぎの立場ではなかなか動きにくいとは思うが、あなた方が持ってきてくれた魔石で計画は動き出したとも言える。領都に結界が張られるさまを、その目で見にきてくれると嬉しい。もちろん、こちらから公式に招待する」

「いろいろあったせいで、四侯も王族も、多少は動きが自由になりました。お招きがあれば、堂々とキングダムを出られます」

ギルが笑みを浮かべながら答えた。イースターは今は一時的にキングダムの占領下にある。既に、王族や四侯が行かずに統治を代理で済ませるという状況ではない。お父様を悩ませた監理局も、厳しいことを言えないどころか、護衛の派遣でてんやわんやの状況になっているらしい。

「リアが行くなら、私も行かねばなりませんね。それに」

私を優しく見下ろす兄さまの目は、セバスにも会いに行かなければと言っていた。もちろんである。

「当然、俺たちにも会いに来るんだろ？」

ヒューが帰るということは、残念ながらバートたちも帰ってしまうということなのだ。

「あい！」

元気に返事をした私に、今度はアリスターがしゃがみこんだ。

「なあ、リア。俺、リアが本当に幸せなのか心配でさ」

「りあ、ちあわしぇよ」

「あの時もそう言ってたなあ。さらわれてきたばかりで、どう見ても不幸だったたっていうのにさ」

アリスターが懐かしそうに目を細めた。

「でも、ここでは皆に大切にされてて、本当に毎日楽しそうで、安心したよ」

「あい」

「そしてさ、ぷっ」

そこでなぜ噴き出すのだ。

「本当に、お姫さんだったんだなあって思った」

「しちゅれいな！」

どう見ても高貴な雰囲気が内側から湧き出ているではないか。私は腕を組んでふんと鼻を鳴らした。

「まあ、普通お姫さんは腕も組まないし、鼻息も荒くないって覚えておいたほうがいいぞ」

「たちかに」

私は腕組みをほどくと、右足をちょっと前に出して腰に手をあててみた。

「こんなかんじ？」

「ブッフォ」

皆必死で何かを我慢しているというのに、うちの護衛は情けない。

「む、無理すんな」

「そうですよ。リアはそんなに早く大きくならなくていいのです。何をしなくてもこんなに愛らしいのですから」

私はポーズをとったまま、すいっと兄さまに抱き上げられた。たくましいアリスターに比べてなんとなく弱々しかった兄さまも、すっかりたくましくなり、最近は何やら背も伸びているようである。

アリスターはちょっと寂しそうに、でも優しく微笑んだ。

「信じて待ってたかいがあったな」

「あい」

トレントフォースにいた時、お父様を信じていたからだまされずにすんだ。愛を疑ったことなどなかったのだ。

「よし、俺も頑張るぞ！」

アリスターはすっと立ち上がると、ぐっとこぶしを握った。

「おうえんちてる」

「ああ。またすぐに会えるな」

「あい！」

「キーエ！」

そうしてウェスター一行は軽やかにラグ竜に乗って走り去っていった。

第六章

本当の誕生日

「あの機動力がウェスターの若い世代の特色だな」

後ろで静かにしていたお父様がポツリと口にした。

「最初は結界箱を領都に使いたいなどというから、自ら自由をなくしたいとはなんと間抜けな王族かと思っていたが」

「ディーン、口が過ぎる」

そしてスタンおじさまにたしなめられている。お父様は肩をすくめた。

「その考えは今でも変わらない。が、それだけでもないようだと、今は思っているよ」

どうやらヒューとアリスターたちを間近で見て、少し考えを変えたようだ。

「うちの殿下方も甘いということでは同じだと思っていたが」

「ディーン！　何度言ったらわかる」

またスタンおじさまにたしなめられている。懲りない人、それがお父様である。

「まさかランバート殿下が自らイースターに行くとは思わなかった。世継ぎの王子が自らキングダムの不文律を破り辺境に出るとはな」

「それは俺もそう思うよ。てっきりアルバート殿下を行かせるものだと思っていたが」

そうなのだ。「王族と成人した四侯はキングダムを出てはならない」という、頑なに守られていた不文律を王族自ら破ることになった。私も最初その話を聞いた時は、あのちょっととぼけた殿下が自ら動いたことに驚いたものだ。

だが、イースター側の暴挙から始まったこととはいえ、代理の者で済ませるほど他国の統治は甘くない。

イースターの現王は引退、第一第二王子は監視付きで地方の領主に格下げ。王族の血筋がわずかに入る優秀な傍系に王位を継がせ、統治が安定するまでランバート殿下が共に政務をとるのだという。

「甘すぎます。もっと重い処罰はないのですか」

初めてその話を聞いた時の兄さまの感想は私と同じだ。一族郎党、血筋を一切残さないという選択もありえると思っていたくらいだ。

「かわいいリアにそこまで残酷なことを考えさせるとは。やはりイースター、滅すべし」

兄さまの愛が重すぎるのはいいとして。そういう単純な話ではないらしい。

処罰を重くする方がキングダムの負担になるとお父様は言った。

「今回はイースターから弓を引いた結果、こうなった。が、例えばファーランドからは、これはささいなきっかけでキングダムがイースターを併合してしまったとも見える。そうなると次にファーランドはどう考えると思う」

お父様はアリスターをはじめ、兄さま、ギルの若者組にそう問いかけた。

「次は自分の番かもしれない、と感じるかもしれません」

「そういうことだ」

お父様は真っ先に答えたギルに合格を出した。

「ウェスターが協力的なことでさえ、疑わしく思うかもしれない。ウェスターを併合する代わりに、何らかの恩恵を約束しているとな」

「そして最終的にファーランドも、となるわけですか。くだらない」

ギルは首を横に振ったけれども、キングダムの王族や四侯の誰もが面倒くさがりで辺境の統治になど興味がないということを、ファーランドは知らない。

「だから、罪は現王族だけのものとして、いずれはイースターをまた独立させるという方向が、キングダムにも楽でいいということになった」

楽だというところが私の知っている王族や四侯らしいと思い、こんな時だが少し楽しく感じた。

「しかし、連れて行くのがハロルドという判断には驚いた。私は指名されても絶対に断るつもりだったが、臨機応変という面ではリスバーンが指名されると思っていたからな」

活動的なオールバンスでもなく、柔軟なリスバーンでもなく、王都からすら一歩も出たことのないモールゼイを連れて行くという。

だが、内向きの政務を担ってきたモールゼイの力が必要なのだそうだ。それに、モールゼイには成人したマークがいて、マークがいれば結界への魔力の補充には問題がないという理由もある。

「いろいろ落ち着くまでは我らは動けまいが、これでなし崩しに四侯もキングダムの外に出られるようになったのは幸運だった。結果的には、イースターの第三王子が凝り固まったこの国のしきたりを葬り去ることになったのは皮肉なことだな」

「だからと言って二度とあんな事件は起きてほしくはないがな」

それでも、お父様たちの顔は明るい。とにかく物事が前へと動き始めたのだから。私はにこにことお父様とスタンおじさまを眺めて、ふと何か忘れていることがあるような気がした。

そうだ、あれだ。

「おとうしゃま、おたんじょうびは？」

「誕生日？　誰のだ？」

「おとうしゃまの」

「私か？　そうだな、夏の初めだが、今年は何もせずに過ごしてしまったな」

私はショックを受けた。お父様の誕生日にはお芋をつぶしてあげるという約束だったではないか。

「今年はって、お父様はいつも自分の誕生日は適当ではないですか」

「そうだったか。もうどうでもよくはないか」

どうでもよくはない。

「おいも！　りあが！」

叫んだ私を怪訝そうに見るお父様の瞳がはっと見開き、私の肩を両手でがしっとつかんだ。

「そうだ！　リアにお芋を食べさせてもらう約束が！」

「そうでしゅ！」

「今からやろう。そうだ、ちょっと遅れたからなんだというのだ。さあ、誕生会だ」

お父様に急にやる気がみなぎった。すかさずスタンおじさまが声をかけた。

「それなら俺たちも呼んでくれよ」

「む、仕方がないな」

「え？　ほんとか？」

　スタンおじさまが驚いたのは、お父様のお誕生会なんて呼ばれたこともなかったからなんだそうだ。

だが、今年のオールバンス家は一味違うのだ。

　こうしてすべてが終わった夏の終わり、お父様の誕生会が開かれることになった。

　参考までにとお父様に今までの誕生日のことを聞くと、誕生会などしたことがないという。したことがなければ呼ばれもしない、そういうことかと納得した。

　しかし、ないわけがないので追及していると、こんな答えだった。

「誕生会か。一歳のお披露目の時と」

「まえしゅぎでしゅ」

　三〇年も前ではないか。

「一八歳の成人の時と」

「とうぜんでしゅ」

　成人を祝わないわけがない。

「……」

　そしてその先が出てこない。お父様の思い出の少なさにあきれる私と兄さまに、執事のジュードが通りがかりに慌てて補足していった。

「大掛かりではないというだけで、ご家族でおめでとうをしていたではないですか」

「ああ。そういえば」

お父様はこういう人である。

「今年は去年のルークの誕生日のように、家族でリアとルークにお祝いされるだけの誕生会がいい」

「お父様、駄目ですよ。スタンおじさまとギルが呼んでくれと言っていたでしょう。それに」

兄さまが何かのメモをちらりと見た。

「リスバーンが呼ばれるならうちもと、マークのところが言ってきているし、イースターに行く前に私だって息抜きがしたいとランバート殿下からも招待するようにという伝言をいただいていますし」

お父様の顔が無表情になった。面倒くさいと思っている顔だ。

「もちろん、フェリシアとクリスも呼びましょう。レミントンの次代は、リスバーンだけでなくちゃんと残りの三侯が支えていくのだと示すことも大事ですよ」

「仕方がない。警備が大変だが、四侯、いや、三侯とレミントン、それに殿下方を招待してやるとしよう」

今お父様は、殿下方と言った。

「にこもくりゅ！」

「ランバート殿下だけなどうっとうしくてかなわぬからな」

ニコがいるほうがまだましということらしい。通りがかったまま、誕生会を開くかどうかが気になってうろうろしていたジュードにお父様が声をかけた。

「ジュード、頼めるか」

「もちろんですとも」

ジュードはいそいそと指示を出しに行ってしまった。面倒ではないのだろうか。

では私もお父様に何ができるか考えてみよう。お芋はもちろんつぶすとして、兄さまの誕生日の時と全く同じというのもつまらない。

「そうだ！　かんむりをちゅくろう！」

紙で作った王様の冠をかぶせるのだ。本物の王子様も来るわけだが、そこはいいだろう。

「くらっかーはないから、かみをちいしゃくきって」

いや、季節は夏の終わりだ。庭師から庭の花びらをもらって、花をまくのはどうだろう。兄さまが微笑んで見守る中、私はあれこれ考えて兄さまと相談を重ね、お誕生日の当日を迎えることになった。


お父様を祝福するようにきれいに晴れあがった空は青く、まだまだ秋の気配もないが、招待する人数も少なめということで、温室とそこに続く客室を誕生会の会場とした。温室とはいえ夏は風を通しているので、案外涼しいのである。

次々と到着する客をお父様と兄さまと私が玄関で迎え、人数が集まったところで温室に案内する。とはいっても、マークとハロルドおじさま、ランバート殿下とニコ、ギルとスタンおじさまにジュリアおばさま、フェリシアとクリスである。

フェリシアとクリスが来た時には、久しぶりすぎてさすがに泣きそうになった。

「くりしゅ！　ふぇりちあ！」

「リア！」

私は上品に立つクリスに飛びついた。会わない間に少しお姉さんになったようだ。涼しげだが目の色より少し濃い目の紅茶の色のドレスを着ていて、これぞお姫様という風情である。

「リア、しゅくじょはね、とびついたりしないものなのよ」

「りあ、まだようじだから」

だから飛びついてもいいのだ。

「そうねえ」

クリスが、幼児もいい気がするという顔をしたので、私は一押ししてみた。

「くりしゅもまだこどもでしゅよ」

そして悪い顔をしてクリスをそそのかした。

「まだ、はちりまわってもいいいんでしゅよ」

「……いいかしら」

「いいの。しょれと、ちょっときて」

私は心配そうなフェリシアに大丈夫だと目で合図し、クリスを控室に引っ張っていった。私たちには私たちのお仕事があるのだ。

「いったいなぜ当主がひっこまねばならん」

お客がそろって、お父様が首を傾げながらジュードに別室に連れていかれた後、私とクリスはお花のかごを持って、温室につながる部屋に移動した。

「これをディーンおじさまにふりかけるのね」

「あい。きょうのしゅやくでしゅ」

「クリスよりおさないわたしがそれをするべきではないか」

ニコもやりたいらしく不満そうなので、急遽椅子とかごをもう一つ用意し、私とニコ、クリスでドアの両側に分かれ、置いてある椅子に乗ると、お父様の入ってくるのを待ちかまえた。皆が談笑しながら待っている中、すぐにジュードがお父様を連れてきてくれた。

「殿下方、そして四侯の友よ、今日は私のために、ん？　リア？　殿下にクリスも。何をしている？」

ドアを開けてすぐに挨拶をするお父様の横で、私たちは目を見合わせると、かごの中に手を入れ、花びらをつかんだ。

「おとうしゃま、おたんじょうびおめでとう！」

「「おめでとう！」」

私のかわいい声と共にお父様のお腹に花びらがぶつかった。ニコのお花もクリスのお花も中途半端な場所にかかってしまっている。しまった。お花を上に投げる練習をしておくべきだった。

固まったお父様は、おなかに当たって足元に落ちた花びらをじっと見ると、すっと片膝をついた。

少し悲しい気持ちになっていた私の顔はぱあっと輝いた。これでお父様の上から花を降らせることができる。

「おめでとう！」

「おめでとう！」

「おめでとう！」

私たち三人のお祝いの声と共に、お父様の頭の上にも肩の上に花びらが降り積もった。

「終わりか」

「あい！」

「ありがとう。いい香りだ。クリスもありがとう。ニコラス殿下もありがとうございます」

私たちはお父様のお礼の言葉にキャッキャとはしゃぎながら、主役のお父様に椅子から下ろしてもらった。

そしてお父様は私が足に抱き着くと、クリスを手招きし、反対の足にクリスをそっと引き寄せた。

そして花びらをあちこちにくっつけたまま、改めて挨拶をしようとしたが、気が抜けたのか、それは短いものだった。

「まあとにかく、もうたいしてめでたくもない年ではあるが、来てくれてありがとう」

ここで拍手である。

「では、後は歓談していってくれ」

それだけであった。しかし、皆も心得たもので、花びらをつけたまま話に入るお父様に苦笑しながらも、誰も指摘することなく、楽しげに話を始めた。

しかし、私たち子ども組に社交などない。そもそも仲良しだし。

「わたしたちは何をしようかしらね」

クリスがまじめな顔で何をして遊ぼうか悩んでいる。

「そうだな。だれもしろにこないから、わたしもまいにちたいくつでつまらなかった」

結局、町に夜遊びに出てから、ばたばたしてお城には行けていなかったのだ。

「でしゅよね。あ、でも、りあ、ちごとしゅる」

「『しごと?』」

ケーキの仕上げの仕事が残っているのだ。

「ケーキ?　私もいってもいい?」

「わたしもだ」

私たちはわらわらと部屋の外に飛び出した。

微かに口元を緩めながらもまじめな顔を保つのに必死なジュードに連れられてお屋敷の厨房に向かうと、そこのテーブルにはクリームで飾られた四角い大きなケーキが用意されていた。

「リア様は最後に、おめでとうと書く大役でございます」

「あい!」

よく見るとケーキの縁は果物で飾られているが、真ん中は真っ白である。私は色のついたクリームで大きく「お」と書いた。若干プルプルと震えた字だが、確かに「お」である。だが少々大きい。

「『めでとう』を書く場所がなくなりましたね」

ジュードが困惑をにじませた。

「わたしとニコでかくわ。リアよりずいぶんじょうずなのよ」

「うむ。ちいさくかけばいいのであろう」

「おねがいしましゅ」

私より上手なのはちょっと癪にさわるが、できないことは任せればいい。クリームに苦労しつつも、皆で制作のおめでとうが仕上がった。それを料理人がカートに慎重に乗せる。カートの下の段には、兄さまと二人で作った紙の冠が置いてある。もっとも、その冠をお父様にかぶせるのだと聞いたジュードの表情はとても微妙だった。

これまた心配そうなジュードに見守られながら、クリスとニコがカートを押した。私はどうしたかって？　手が届かないので、そばで一生懸命応援している。

「てちゅだえなくて、ごめんね」

「リアにはかんむりをかぶせるというたいやくがあるだろう」

「ここは大きいわたしたちにまかせて」

「ありがとう」

二人ともいい子なのだ。よく考えたら、王子様をこんなことに使って、しかもそれをニコのお父様のランおじさまに見られている状況なのだが、まあいいだろう。今日の主役はお父様なのだし。

ジュードが大きく開けたドアから、私たちはカートを押してしずしずと入室した。そのままカートをテーブルまで押していく。

「おとうしゃま、いしゅにしゅわって。ここ！」

「ここか」

「あい！　にいしゃま！」

そうしてケーキの前のテーブルにお父様を座らせると、兄さまを呼び寄せて、二人でせーので冠をかぶせた。

「ルーク、リア、これはいったい……」

お父様が困惑した顔をしている。

「しゅやくのかんむりでしゅ」

胸を張った私の言葉が今一つ理解できていないお父様のために、兄さまが解説を加えてくれた。

「これは、冠です。今日の王様という意味だそうです。殿下方には申し訳ありませんが」

殿下方に配慮までするそつのなさ。さすが兄さまである。

「この、ゆがんだおめでとうは」

お父様はハッとして言い直した。

「この、心のこもったおめでとうは」

「りあが『お』をかいて」

「わたしが『め』と『で』を」

「さいごにわたしが『と』と『う』をかいたのだ」

クリスとニコはそれぞれの保護者のところに戻っていたが、そこから自分の手柄をちゃんと申告した。

「なんと素晴らしいおめでとうだろう。こんなおいしそうなケーキはクレアの作ってくれたケーキ以来だ。そうだ、クレア」

お父様がはっとした顔をした。

「そうですよお父様。クレアお母さまがいた時も、ちゃんと三人でお祝いしたではないですか」

兄さまがやっと思い出したのかという顔をした。

「そうだなルーク。そうだ。以前にも、確かに幸せがあったのだな」

その時は、お父様の頭の中には兄さまのことはあまり入っていなかったかもしれない。でも、家族の時間は確かにあったのだ。

「さ、では私がケーキを切りますよ」

そんなお父様の感傷を断ち切るように、兄さまが張り切ってケーキにナイフを入れた。そして最初の一切れを皿にのせて、お父様のところに運んできた。

「さ、次はリアのお仕事ですよ」

「あい！」

私も張り切ってケーキの果物のたくさん載ったところにフォークを突き刺した。兄さまがお皿を支えてくれているので、お父様の口元にケーキを慎重に運ぶ。最初はお芋を食べさせる予定だったが、ケーキのお手伝いでよかろうということになったのだ。

「リア、少し多くないか」

お父様が体を少し後ろに引いている。

「だいじょうぶ。いけましゅ」

貴族が大口を開けてケーキを食べるなど行儀が悪いことこの上ない。でも仕方がない。ほんの少しすくうだけなんて、そんな器用なことは私にはできなかったのだから。私は引き気味のお父様に、もりっとフォークに乗っかったケーキをぐいぐいと押し付けた。お父様は仕方なく口を開けた。

「あー。むぐ」

「おいちい？　おいちい？」

「う、むむん」

「おいちい？」

兄さまが笑いながら私をたしなめた。

「リア、無茶ですよ。お父様のお口はまだケーキでいっぱいです」

「ありゃ」

お父様はやっとのことでケーキを飲み込むと、クリームを口元につけたままかすかに口の端を上げた。とても機嫌がいいしるしだ。

「おいしかったよ。リア、ルーク、ありがとう。ニコラス殿下、クリスも、ありがとう」

「よき誕生日だな」

ランバート殿下の言葉と共に、拍手とおめでとうの祝福の言葉が飛び交った。すっとジュードが前に出て、静かに宣言した。

「では、切り分けてお出しいたします」

「うむ。よろしく頼む。おや、スタン、いったいどうした」

私がお父様の口を拭こうとナプキンをもって背伸びしていたら、お父様が急にテーブルの向こう側を見て、驚いたように目を見開いた。

「なんでもない」

片手で目元を隠したスタンおじさまの声は少し震えていた。

「なんでもないことはないだろう。体調でも悪いのか」

「それだよ。ディーン。お前、俺の体調が悪いかどうかなど、今まで気にしたこともなかったのに」

お父様はなんのことだと首を傾げた。

「お前はいつもどこかに心を置き忘れたような顔をして、人の気持ちどころか自分の気持ちでさえも理解できない。ふらふらと落ち着きがないしようのない生き物だ」

スタンおじさまのお父様への評価がひどすぎる。だが、確かにそんな人だった。だから私が生まれても寄り付きもしなかったのだから。

「だから心配で目が離せなかったというのに」

仮にも四侯の当主として、国政にも携わり結界の魔石の維持もきちんとしているお父様にこれだけのことが言えるのは、親友のスタンおじさまだけだろう。私としては、お父様のことをよく見捨てないでいてくれたと言いたい。

「そんな、普通の人みたいに子どもたちや俺を気遣って、にこやかに過ごすお前を見ることになろうとは」

このお父様を見てにこやかと言えるところは、さすがに長い付き合いだけのことはある。たいていの人は無表情だと思うだろうに。

「やっとお前は地に足をつけて、この世界を生きていけるようになったんだな。今日がお前の本当の誕生日みたいなもんだ」

「今日が、私の本当の誕生日、か」

お父様はスタンおじさまの言葉を繰り返すと、お父様の口を拭こうとナプキンを握り締めたままの私を見、そして兄さまを見て、にっこりと微笑んだ。やっぱり親しい人にしかわからない微笑みではあるが。

「よい世界に生まれたことを心より感謝する」

かっこいいことを言っているが、口元のクリームがそのままだ。

「おとうしゃま、おくち」

「おお。頼む」

「お父様は意外とうっかりですから」

「すまんな」

部屋に笑い声があふれた。

そんなお父様を見て、出会ったばかりの頃を思い出す。この世界に生まれたばかりの頃は思ったより不遇で、侯爵家からもらうものをもらってさっさと自立しようと思っていた。だが今はあの頃のことが嘘のように温かい日々を過ごしている。

見上げればお父様がいて、隣には兄さまがいる。

振り返ればニコとクリスが笑っていて、私も忘れないでくれよという顔でマークが眉を上げ、フェリシアが心配そうに手を握り合わせている。そして何もかもを受け入れ、まるでお父様にとってのスタンおじさまのようにギルが見守ってくれている。

それにナタリー、ハンス、そしてみんなの家族がいる。

「ちあわしぇね」

あきらめなければ、きっといいことがある。

私はぐっと手を握った。今度は私が大きく育ってレディになる番だ。だがその前に大事なことがある。

「りあもけーき、たべりゅ」

そうして毎日は続いていくのだ。

〈了〉

特別収録

その目に映る世界《スタン》

ディーンとの出会いはあいつの一歳のお披露目の時だった。俺だって四歳だから、パーティなんて出たことはなくて、いつもより堅苦しく着飾らされて不機嫌だったのを覚えている。だが、オールバンスの屋敷へ行った時の最初の挨拶で、俺は俺より不機嫌な子どもを見た。というよりやる気のない幼児と言ったほうが正しいか。

オールバンスの当主夫妻の間で、椅子に座らせられていた淡紫の何も映していないかのような目を俺は忘れることはないだろう。

俺は公的には一人っ子だが、父がだらしないせいで母が違う兄弟は一〇人以上いる。四歳当時も何人か兄弟がいて、おそらく父への当てつけのために、母が引き取って育てていた。とはいえ、後継ぎである俺と同じ扱いというわけにはいかない。

兄弟たちは同じ敷地内の別邸で育てられ、俺の遊び相手や勉強相手になっていた。だが子どもにそんな違いがわかるわけもなく、普通に楽しく過ごしていただけである。

たいていの貴族同様、親にかまわれたことはなかったが、そういうわけで賑やかで特に寂しくもない環境で育った俺にとっては、なぜか淡紫の瞳のその子どもをそのまま放ってはおけない気がした。

「おい」

声をかけてもこちらを見ない子どもの前に思いっきり顔を寄せると、やっと視線が合った。

「こいよ」

それでも動かない子どもに両手を差し出すと、それが面白かったのか真似をして両手を出してきた。

俺はすかさず両手を子どもの後ろに回し、椅子からぐいっと引きずりおろした。

怖かったのか、俺にギュッと抱き着くその子を抱えてすたすたと歩きだしたが、すぐに発見されて止められてしまった。まあ、めちゃくちゃ重かったので長い間運ぶのはそもそも無理だったと思う。だが、俺から離そうとするとその子が泣きわめくので、お披露目の間中その子の側にいることになった。

「そして三〇を過ぎても側にいるというわけだ」

「なんのことだ」

ディーンがその時から変わらない淡紫の目を向けてきたが、俺は、

「別に」

と横を向いた。お前の赤ちゃんの頃を思い出していたなんて言えないだろう。リスバーンの家にいたのは半分血のつながった兄弟だが対等ではなかった。だからディーンは俺にとっての弟のような存在だったんだなと今になってみると思う。

なぜだか気にかかって、しょっちゅうオールバンスに遊びに行っていたし、向こうも成長して意思表示ができるようになるとよくうちまで遊びに来ていたものだ。家ではいつも一人だったから、うちのにぎやかな環境が良い影響を与えたと思いたい。

むやみに頭がよくて、体力は別として俺との三歳差なんてあっという間に飛び越えてしまうようなかわいくない奴でもあった。そのせいで学院では先輩ヅラもできなかったが、誰にも懐かないディーンが俺にだけは素直なのはとても気分がよかったのも確かだ。

同じ四侯の跡継ぎでも、モールゼイのハロルドは年上すぎたし、アンジェリークのことは嫌いだっ

た。甘やかされた砂糖菓子のような女を好きになる奴の気が知れないと思ったものだ。

まあ、ディーンとブロードのことなのだが。

ディーンは本性を見抜けなかったと今ごろになってショックを受けているが、あの女は昔から性格が悪かった。

まっすぐにディーンを見ていたダイアナのほうがずっとましだった。

だがルークが生まれたころ既にすれ違っていたディーンとダイアナは、その後関係を修復することはなかった。ディーンはともかく、ダイアナはディーンのことを慕っていたのに、いくらジュリアが取り持とうとしても意地の張り合いでどうしようもない。

その二人の隙間からルークが滑り落ちているのに気がついたのは、ルークの一歳のお披露目の時だった。ディーンとダイアナの間の椅子に座らされているルークは、あの時のディーンと同じで何も映していなかった。

その頃は私もディーンも当主を交代し、城での政務に忙しく、お互いに訪れ合う暇さえなかった。ルークから目を上げればディーンの目も空《うつ》ろで、なぜ友を放っておいたのかと後悔でお祝いの言葉さえ声が震える始末だった。

「ギルバート様、お待ちください！」

気がつけばギルがあの頃の私のようにルークを抱えて連れ去ろうとし、慌てた執事に止められている。私と同じように、その空虚な目に自分を映したくなったのだろう。だが違った。

「いすにおいてあった。いらないいなら、おれがもらう」

どうやら家に連れて帰ろうとしていたようだ。これにはさすがのディーンもダイアナも苦笑している。

「大事だから椅子に座らせていたのよ。持って帰らないで？」

ジュリアとは違う美しさのダイアナに頼まれたら、ギルも嫌だとは言えなかったらしく、しぶしぶとルークを返していた。あの時のディーンと違って、ルークは泣きもせず、人形のようだったのを覚えている。

俺の懸念をよそに、ルークはディーンよりよほど感情豊かに育った。だが、傍若無人だったディーンと比べ、遠慮がちで人の気持ちを読む。その様子はむしろルークの感じている寂しさを際立たせるかのようで切なかった。

ダイアナはルークを愛していたには違いないが、自分の寂しい気持ちで精いっぱいで、ルークに気を配るということがなかった。ギルは何を思ったのか、ルークの元にせっせと通っていた。

やがて予想されたように離婚することになったが、全くダイアナを気にしていないようだったディーンはなぜか荒れた。五日置きの魔石の充填もそれ以上の間が空きがちで、監理局にもにらまれていた。

「自分のものだって言える人をやっと手に入れたのに、大切にしなかったから失ったの。心の中では大事な人だってわかっていたのに、どうしていいかわからなかったのよ。大事なものを失くしたら、それは荒むわよね」

ジュリアがそうディーンを分析したが、ダイアナもディーンも不器用すぎて、自分の気持ちをお互いに伝えられなかったのだろう。

だがやがて煮詰まって飛び出していった北部から、ディーンは新しい妻、クレアを連れてきた。太陽のような素直な明るい伯爵令嬢だ。ルークのことも大事にしてくれ、オールバンス家が奇跡のように明るくなった。

やがて喜ばしくも不安な妊娠の知らせ。

妊娠期間を真綿にくるむように大切にすごさせたにもかかわらず、出産でクレアは亡くなってしまった。オールバンス家のあまりの落ち込みように、赤子も母親と共に逝ってしまったと勘違いしていたのはうちだけではなかったはずだ。葬式ですらディーンとルークだけで執り行ったのだから。

そのルークでさえ拒絶して、一人でクレアを北の地に埋葬しに行ってからのディーンはひどいものだった。そして執事のセバスが連絡してきて初めて、赤子が無事産まれていたことを知った。

ギルに聞くと、ルークはまったく家に帰ってはおらず、ディーンに負けず劣らず抜け殻のようなありさまだという。普段は週末には家に帰っているというのに。

連絡を取ろうにも、セバス以外の執事はディーンを優先して状況がわからない。セバスはといえばもともとレミントンの者なので、相談するとすればレミントンということになる。

手を出しあぐねていたところに、ルークが夏休みにちゃんと家に帰ったと聞き、やがて城で見かけるディーンの顔に明るさが戻り。

そのすべてが、たった一人の成果だと誰が思うだろう。しかもそれがクレアの赤子、リーリアによるものだなどと。

いつも話す間もなく風のように城から屋敷に戻ってしまうディーンを捕まえ、屋敷に招かれたのがやっと一歳のお披露目の前と来た。

屋敷の庭で見たものは、たしかに淡紫の瞳だった。だが、それは一歳の時のディーンとは違う。ルークとも違う。

色合いこそオールバンスそのものだが、完全に私と目を合わせ、この人は誰だろうという好奇心いっぱいの生き生きとした表情は、クレアと同じだ。

大人にはすぐに興味を失ったらしくギルとかわいいやり取りをしているリーリアは、一歳ながらに完全に自分の意思を持った子どもに成長していた。

それを見るディーンの目のなんと優しいことか。俺を含め周りができなかった、ディーンを人に戻すということを、クレアとクレアの子がなしたのだなと思わせた。

だが運命は酷なことをする。

リーリアは何者かにさらわれてしまった。

ディーンが今度こそ耐えられないかもしれないと心配する私とは違い、ギルはルークのことを考えていた。

「またルークが一人になってしまう」

「俺たちは親子ともオールバンスにとらわれているみたいだな」

思わず笑ってしまうほどだ。しかし、ギルに問いかけられた。

「それの何がいけないんだ」

「いけなくはない、が」

ギルとこんな真面目な話はしたことがなかったかもしれない。うちは素晴らしい妻がいて、貴族にしては温かい家庭を築いている。問題となるようなことは今までほとんどなかったからだ。

「いつも思ってた。四侯は四侯にしかできない仕事をしているのに、なぜみんなバラバラで孤独なんだろうって」

「ギル、お前」

「お父様がレミントンを嫌っていることは知ってる。四侯すべてが仲良くすればいいとか、夢みたいなことは思ってはいない。けど、子どもの世代は違うだろ。俺たちは誰一人としてお互いを嫌ってはいない。友だちになって、支え合って何が悪い？」

忘れていた。俺自身は父親とほとんど交流がなかったから、幼い頃から俺は俺だった。誰の意見にも左右されない、自分の信じた道を進む。それがたまたま、民のための仕事をする四侯のあり方とまったく矛盾していないだけで。

「お前ももう一四歳。いっぱしの考え方をするようになったんだな」

「なんだよそれ。でも俺、ルークのお母様がなくなった時のように、ルークを殻に閉じこもらせたくはないんだ。今度こそしっかり支えていく。そして大人になった時に、ちゃんと信頼し合える友でいたいんだ」

ギルはふいっと顔をそむけた。

「父さんたちみたいにさ」

俺も思わず目をそらしてしまった。なんとも、照れくさい話だ。

だが俺たちの心配は取り越し苦労だった。

ルークもディーンも、自分たちだけでしっかり支え合い、立ち直り、前に進んだ。

ああ、そうだ。

四侯の中で一番若い彼らが、いつも進むべき道を切り開く。行く先は困難が待ち構える。だから俺たちはそれを支えたいのかもしれない。

この世界には陸地は一つ。だが伝説によると、大きな船で他の陸にわたっていた時代があったという。そんな技術は失われてしまったが。

その船の舳先には、人々を導く女神の像があったという。

リーリア。

リーリアが行く先を、ルークとディーンが追いかけ、その道を俺たちがならしていく。

ウェスターにさらわれ、戻ってきたと思ったら王家をかき回す。幼いながら北部でファーランドと交流し、戻って来たらイースターに襲われたのに見事にしのいでみせた。

導かれ、追いかけている間に、いつの間にかディーンの瞳にはリアが、そしてルークが映るようになっていた。そして初めて呼ばれたディーンの誕生会で今、俺は来し方を振り返って、思わず涙ぐんでいるというわけだ。

「スタン、いったいどうした」

そんなセリフなど逆さに振っても出てこなかったお前なのに。

いつの間にか、その目には俺も映るようになっていたんだな。

「よい世界に生まれたことを心より感謝する」

では俺は、ディーンに世界がよいものであると気づかせてくれたリアに。

心からの感謝を贈ろう。

《特別収録・その目に映る世界《スタン》／了》

あとがき

『転生幼女』もついに六巻になりました。五巻から引き続きの読者の方、そしてウェブ連載から来てくださった方、作者の他作からの方も、手に取ってくれてありがとうございます。カヤと申します。

ここからはネタバレもありますので、気になる方は先に本文へどうぞ。

さて、前の巻ではレミントンが四侯なのにもかかわらずイースターに出奔するという非常事態で終わってしまいました。そんな非常事態の中でもリアは、幼児の自分にできることは自分の周りを大切にすることだけという意思を貫いて頑張っています。ですが、事態はリアを巻き込んで思いもかけない方向へ向かっていきます。

その中心にいるのは、リアの天敵とも言えるイースターの第三王子のサイラスです。

高貴な生まれにもかかわらず、家族の愛に恵まれないというところでは、リアとサイラスは同じスタートだったと作者は思っています。その中で光に顔を向けたリアと、影を歩いたサイラス。決めたことには迷わない強い意思は同じ。進む先は正反対であっても、背中合わせで近い存在でもある。サイラスがリアに惹かれてやまないのは、背を向けた光がそこにあるからかもしれません。

その状況の中、渦中のレミントンの家族は離れ離れになり、四侯それぞれが、そしてキングダムの王家そのものが、今までにない選択を迫られていきます。その過程で、リアがさらわれた理由も明らかになっていきます。

リア、二歳の夏もただでは済みそうにありません。それでもやっぱり前を向く、リアとその周りの話を楽しんでいただけると嬉しいです。

ちなみに、このあとがきから察していただけたかと思いますが、作者はサイラス推しです。（リアのファンには叱られそうです）

最後に謝辞を。

「小説家になろう」の読者の皆様。これからのリアがどう成長するかハラハラしている編集様と一二三書房の皆様。リアや登場人物の心の姿まで描いてくれているイラストレーターの藻様。そしてこの本を手に取ってくれた皆様、本当にありがとうございました。

カヤ

転生貴族の異世界冒険録
～カインのやりすぎギルド日記～
原作：夜州
漫画：佐々木あかね
キャラクター原案：藻
レベル１の最強賢者
原作：木塚麻弥
漫画：かん奈
キャラクター原案：水季
ウィル様は今日も魔法で遊んでいます。
原作：綾河ららら
漫画：あきの実
キャラクター原案：ネコメガネ

黒エルフに飼われた俺のダンジョン生活
～三食風呂と地獄つき～
原作：サイトウケンジ(FIREWORKS)
漫画：レルシー
構成：そよき
雷帝と呼ばれた最強冒険者、魔術学院に入学して一切の遠慮なく無双する
原作：五月蒼　漫画：こばしがわ
キャラクター原案：マニャ子
域の魔法使い
神に愛された落第生は魔法学院へ通う～
作：ケンノジ　漫画：:/XUEFEI
ャラクター原案：乃希

コミックノヴァ
新創刊
モブ高生の俺でも
冒険者になれば
リア充になれますか？
原作：百均　漫画：ジャギ
キャラクター原案：hai
魔物を狩るなと言われた
最強ハンター、
料理ギルドに転職する
原作：延野正行　漫画：奥村浅葱
キャラクター原案：だぶ竜
COMIC NOVA ノヴァ
話題の作品
続々連載開始!!
https://www.123hon.com/nova/

転生幼女はあきらめない 6

発　行
2021年9月15日　初版第一刷発行

著　者
カヤ

発行人
長谷川　洋

発行・発売
株式会社一二三書房
〒101-0003　東京都千代田区一ツ橋2-4-3　光文恒産ビル
03-3265-1881

デザイン
Okubo

印　刷
中央精版印刷株式会社

作品の感想、ファンレターをお待ちしております。
〒101-0003　東京都千代田区一ツ橋2-4-3　光文恒産ビル
株式会社一二三書房
カヤ 先生／藻 先生

Printed in japan, ISBN 978-4-89199-759-5
※本書は小説投稿サイト「小説家になろう」（http://syosetu.com/）に
掲載された作品を加筆修正し書籍化したものです。